아들과 함께, 나를 찾아 떠나는 여행

아준 바이크 시베리아

조현석 여행 에세이

도서출판 청어

아준 바이크 시베리아

조현석 지음

발행처·도서출판 **청어**
발행인·이영철
영　업·이동호
홍　보·이수빈
기　획·천성래
편　집·방세화
디자인·김희주
제작부장·공병한
인　쇄·두리터

등　록·1999년 5월 3일
(제321-3210000251001999000063호)

1판 1쇄 인쇄·2018년 4월 20일
1판 1쇄 발행·2018년 4월 30일

주소·서울특별시 서초구 효령로55길 45-8
대표전화·586-0477
팩시밀리·586-0478

홈페이지·www.chungeobook.com
E-mail·ppi20@hanmail.net
ISBN·979-11-5860-546-9(03810)

이 도서의 국립중앙도서관 출판시도서목록(CIP)은 서지정보유통지원시스템 홈페이지(http://seoji.nl.go.kr)와 국가자료공동목록시스템(http://www.nl.go.kr/kolisnet)에서 이용하실 수 있습니다.(CIP제어번호: CIP2018010641)

아준
바이크
시베리아

프롤로그

인생의 첫 번째 책을 내면서.

나는 내 자신이 지극히 평범한 사람이라 믿고 세상을 살아 왔다. 그리고 그 믿음에는 지금도 변함이 없다.

지극히 평범한 가정에서 태어나, 평범한 학교를 다니고, 평범한 여자를 만나, 평범한 아이들을 낳고, 평범한 동네, 평범한 집에서, 평범한 일을 하고, 평범하게 살고 있다.

몇 년 전, 아내가 사랑이 담긴 목소리로 "당신은 평범하지 않아!" 라고 해 준 말이 나의 삶의 가장 큰 칭찬이었던 듯싶다. 아내에게만 그렇게 보였던 것일지도 모르지만…….

언젠가부터, 사람이 세상에 태어나서 살다가 죽는 것이 무슨 의미가 있을까? 하는 생각에 집착해 왔던 것 같다. 흘러가는 강물처럼, 스쳐 지나가는 바람처럼…… 그렇게 왔다 가는 것이 인생일까? 세상에 태어나서 조금이라도 세상과 사람들에게 좋은 영향을 주고 갈 수 있는 방법이 무언가? 하고 생각하기도 했다.

직업상 여기저기 해외에 많이 다니면서, 가능하면 그 도시에 있는 미술관이나 박물관은 가보려고 노력한다. 미국 휴스턴 박물관

에 갔을 때 한 그림을 넋을 잃고 바라보았다. '윌리엄 부게르'라는 미술 지식이 없는 내게는 처음 듣는 화가의 〈The Elder Sister〉라는 작품 앞에 숨이 멎을 듯한 감동을 받았던 것 같다. 그 이유는 잘 모르겠지만…….

이렇게, 화가는 그림으로 사람들의 삶을 아름답게 한다. 세상에 그토록 많은 그림들이 있는 이유는, 어떤 그림에 어떤 사람의 마음이 반응할지 모르기 때문이다. 이처럼, 음악가는 음악으로, 소설가는 소설로, 시인은 시로, 과학자는 연구 결과로 세상을 조금은 더 아름답게 만들고 있구나 하고 생각한다.

그림 소질도 없고, 음악적 감각은 더 없는 나에게 예술 작품을 남기는 것은 불가능하다. 그러면 가장 가능성 있는 영역이, 책이 아닐까 하는 생각이 들었고, 그런 생각에서 나온 첫 번째 작품이 이 책이다.

나의 이야기를 다른 사람에게 드러내는 일은 부끄러운 일이다. 더욱이 바쁜 생활 속에서 잘 정리되니 않은 글들을 내보내는 일은, 아직 시운전이 끝나지 않은 장비를 납품하는 것처럼 마음속에 미련을 남게 한다.

이 책이 세상에 나올 수 있었던 데에는, 청어출판사 이영철 사장님을 비롯한 청어출판사 식구들의 덕이 크다. 그저 10일 간의 여행을 하면서, 그것도 다른 사람들이 하는 여행보다 그다지 다를 것도 없는 아주 평범한 여행을 하면서 끼적끼적거렸던 내용을, 출판사에 보내 놓고도 내심 책으로 나올 수 있을 거라는 기대도 하지 않았다. 그런데 일주일도 지나지 않아 연락이 왔고, 수익성은 없을 것 같지만 출판사의 명예는 실추시키지 않을 것 같다고 하시며 한번 출판을 해보자고 제안을 해왔다. 그 이후에도, 과연 이것이 책으로서 가치가 있을까를 끊임없이 고민했지만, 너무 바쁜 생활에서 결심을 미루고 있는 동안에, 가끔 걸려오는 출판사의 전화 때문에 등 떠밀려 결국 이 책이 세상에 나오게 되었다.

이제 또 걱정이 생긴다. 이 책을 통해 나는 무엇을 말하고자 하는가? 과연 나는 이 책을 통해 세상과 사람을 조금이라도 아름답게 할 수 있을까?

아내가 나의 무엇 때문에 "당신은 절대 평범하지 않아!"라고 말

했는지 모르겠다. 이유를 물어보지 않았으니까……. 부게르가 그림을 그리며, 100년 뒤, 저 멀리 한국의 한 청년이 자신의 그림에 감동을 받을 거라고 기대하지는 않았으리라……. 나는 그저 살아갈 뿐이다. 그리고 나는 그저 나의 삶을 썼을 뿐이다.

이제 이 책이 세상을 아름답게 할 수 있을지 없을지는 더 이상 고민하지 않겠다. 그건 나의 몫이 아니라 독자의 몫이리라.

나는 단지, 세상의 단 한 사람이라도, 이 책에서 위안을 얻을 수 있기를 기도할 뿐이다.

전남 여수에서

조현석

MOSCOW
MOSCOW
MOSCOW
MOSCOW

contents

웬 시베리아?

9월 21일 목요일. 우리 회사에는 은행나무가 있다. 키가 한 20m가 넘는 꽤 큰 나무다. 작년에 떨어진 은행은 아무도 줍지 않아, 아직도 바닥에서 검게 썩어 가고 있다. 볼 때마다 아까운 생각이 들었고, 주어진 것들에 대한 책임을 다하지 못한 미안한 마음이 있었다.

오늘 맘 잡고 은행을 주웠다. 오후 4시부터 나가서, 한 30분 주웠을까? 작은 스티로폼 박스를 채울 정도로 담았다. 은행은 참 색깔이 예쁘다. 샛노란 은행은 따뜻한 느낌이 들게 한다.

그러고 나니 욕심이 생겼다. 아직도 나무에 저렇게 많은데……. 오늘 줍지 못하면 평생 줍지 못할 것 같은 느낌……. 그리고 나뭇가지 둘 정도가 담장 밖으로 뻗었는데, 여기에 달린 은행이 장난이 아니다. 담장 밖으로 떨어지면, 무성한 풀밭에 떨어져 그냥 땅에 거름이 될 뿐이다.

그 욕심 때문에…… 그리고, 내 다리를 시험해 보고 싶었다. 올해 1월 26일 스키장에서 넘어져 십자 인대가 끊어졌고, 2월 10일 수술 후 7개월…… 나름대로 재활도 한다고 했지만, 아직 불편하다. 내가 저 나무를 오를 수 있을까?

가지를 잡고 나무에 오른다. 다린 다친 후에 지금껏 한 번도 저런 나무에 올라가는 것은 생각도 하지 않았는데, 막상 올라가보니, 생각보다 쉬워서 허탈감마저 느껴진다.

위에 올라가 흔들고 따고 해서 은행을 바닥에 뿌려 놓고, 내려와서 1시간 정도 주어 담았다. 쪼그리고 앉아 무언가를 해본 것이 한 7개월 만인가? 다리도 아프고 허리도 아프다.

오늘 주워 담은 은행들…….

그러고 나서 장화로 갈아 신고, 시장바구니에 넣고 발로 밟았는데……, 30분을 밟아도 알맹이가 잘 튀어나오질 않는다. 며칠 더 놔두어야겠다. 알맹이 몇 개 골라 저녁에 전자레인지에 넣고 돌린다. 갓 딴 은행 맛이 여간 향기롭지가 않다. 삶의 보람이 느껴진다.

블라디보스토크로 떠나기 9일 전이다. 30일에 배를 타고 가야 하니까……. 왜 난데없이 블라디보스토크이냐고? 나도 모르겠다. 언제부터인가 바이칼 호를 보고 싶었다. 아마 오래 전에 TV 다큐 프로에서 본 이후인 듯싶다. 그래서 시베리아 횡단을 하고 싶었고, 그래서 2015년 10월 V-Strom 650이라는 바이크를 샀다.

물론, 돈은 없었지만, 하고 싶은 것은 해야 하는 성격이라, 현금 800만 원에 약간은 카드 할부로 샀고, 전라도 광주에서 1시간 30분 걸려서 끌고 왔다.

한 2년 지났는데 주행 거리는 아직도 1,200km. 원채 탈 시간도 없고, 또 올해는 다리를 다쳐서 그냥 집 마당에 장식품 역할만 했다. 바이크는 사지가 멀쩡한 사람이 할 수 있는 특권이다. 그래서 나도 바이크를 탄다.

사기 전에는 리터급 바이크에 대한 로망이 있었지만, 막상 몇 번 끌고 다녀 보니까 너무 크다. 그리고 무겁다. 멀티퍼포즈 장르라고 하는 것이, 나는 도시와 비포장과 산길을 다 달릴 수 있는 오토바이라고 생각했다. 순진했다. 그래서 나는 브이스트롬을 타고 산길을 달리고 싶었다.

나의 오토바이 경력은 고2 겨울방학 때 시작한다. 그때, 집은 대

전 신탄진이었다.

중3때, 당시는 연합고사가 있던 때라 고입 연합고사를 보고 나서 대전에 있는 인문계 고등학교들이 추첨을 해서 학생을 선발했다. 제도가 문제인지 변두리에 살았던 게 잘못인지 아니면 그저 운이 없었는지는 모르겠지만 우리 학교에서 단 2명이 유성고등학교에 배정되었는데, 그 둘 중 하나가 바로 나였다.

우리 집에서 유성고등학교까지 가려면, 먼저 6시에 기상. 30분까지 아침 먹고, 집 출발. 20분 동안 겁나게 빨리 걸어, 버스정류장에 도착. 6시 50분 버스 타면, 1시간 만원버스 안에서 실랑이. 7시 50분 유성 도착. 20분 다시 걸어가면 학교. 그렇게 총 2시간이 등교에 소요된다. 그리고 당시는 고2까지는 저녁 9시까지 자율학습이 있었는데, 고3이 되면 11시까지 자율 및 보충 학습이 의무였고, 예외가 없었다. 고2까지는 봉고차도 대절해서 근처 친구들과 같이 다니기도 했지만, 고3이 되면서, 자취하는 녀석들이 생기고, 기타 등등 더 이상 봉고차 이용도 어렵게 됐다.

이런 저런 이유로 고3이 되면서 등하교가 어려워졌다. 그때 오토바이가 있으면 좋겠다 싶었다. 그래서 고2 겨울방학 때 원동기 면허에 도전했다. 전에 시티100 정도는 좀 타 보기는 했어도 클러치 있는 오토바이는 타 본 적이 없다. 필기시험 합격 후 실기 시험을 보는데, 125cc 오토바이로 Z자, S자 코스를 돌아야 했다. 당시는 오토바이도 경찰서에 준비가 안 되어 있어 경찰 아저씨가 누구 오토바이 시험용으로 좀 제공해 주실 분 계시냐고 묻고, 그 중 한 대를 골라서 시험을 봤던 것 같다. 오토바이를 제공한 아저씨가 받은 인센티브는 뭘까? 시험을 좀 쉽게 보게 해주나? 그러면, 특혜잖아? 그런데 그 오토바이를 빌려 주었으면 그 정도는 해 줘야 하는 게 아냐?

처음 클러치 있는 오토바이 쉽지 않더군. 면허 시험에 한 번 떨어지고, 2주 후에 겨우 합격. 합격증 아버지 앞에 내밀면서 "오토바이 한 대 사 주세요."라고 말했나? 우리 부친도 무슨 생각에서 오토바이를 사주셨는지, 오토바이 가게에서 180만 원짜리 효성 감마를 사주셨다. 아들을 너무 믿으셨나?

이때부터 내 세상은 넓어졌다. 두 다리로 다니면, 나의 구역은 반경 4km를 넘기기가 힘들다. 자전거를 타도 10km를 넘기기 힘들다. 그런데 오토바이가 있으면? 한 100km 정도…… 참 열심히도 타고 다녔다. 180만 원짜리 오토바이를 입대하면서 대학교 2학년 때, 그러니까 한 2년 반 타고 팔았는데, 20만 원 받았으니까…….

오토바이를 가지고 오는 날, 전에 타 본 것도 아니어서 조심조심 타고 왔다. 당시, 내가 살고 있는 연립 주택은 올라가려면 경사가 심해, 급경사에서 왼쪽으로 핸들을 틀어야 했다. 처음 사 가지고 오는 날 거기서 꽈당…… 이때, 물건에 대한 아끼는 마음, 나는 물욕이라고 부르는데, 이런 마음을 버린 것 같다. 그런데, 십 수 년이 지나, 내가 처음 차를 샀는데, 레조라고 대우에서 나온 LPG 차였다. 그 차도 가지고 오면서 주차장에서 긁은 듯…… 그래 나에게 주어진 물건은 아낄 필요가 없다. 열심히 쓰다가 아까워하지 않고 버리면 그만이다.

당시, 나는 오토바이로 산도 좀 다녔다. 임도를 따라 가고, 비포장도 따라가고…… 그러다가, 도랑에 빠지기도 하고…… 감마라는 내 오토바이는 스포츠 레이싱 장르, 소위 레플리카를 닮았는데, 바람 저항을 막아 주는 카울이 붙어 하체가 낮았다. 그런 바이크로 산길을 달리다니…… 왜 그랬을까?

그때의 경험 때문인지, 그래서 멀티퍼포스라는 장르에 끌렸던 것 같다. 카울이 없는 네이키드 모델이라 산을 오를 수 있다. 그래, 웬만한 도랑은 그냥 건너가자! 브잉이(브이스트롬의 애칭이다)를 보는 순간! 알았다. 너무 크다. 너무 무겁다. 집으로 데려와 몇 번 산에 도전을 했는데, 아직 익숙해지지 않아서였는지, 초 경사 오르막에서 브레이크를 잡는 순간 뒤로 슬립이 일어나면 넘어지는 것밖에 방법이 없다. 나 혼자 2번, 뒤에 아준이를 태우고 1번. 이렇게 넘어진 후로, 이놈을 타고 산에 가는 건, 양복 입고 스키 타는 격이라고 생각하고…… 산은 포기했다. 그리고 후회가 들더만…… 나한테는 엔드류 즉 좀 더 가벼운 바이크가 더 잘 맞는 것이 아닐까? 꼭 결혼하고 후회하는 사람 같다. 그리고 이 바이크로 무엇을 해야 할지 고민하면서, 문득 바이칼 호수를 가고 싶다는 생각이 들었고, 시베리아를 달려 보는 것을 브잉이와 계속 살아야 하는 한 가지 이유로 삼았다. 명심하시라! 왜 이 사람과 결혼했을까? 왜 이 학교에 왔을까? 의심하지 말기를. 의미는 부여할 때 생기는 것이다.

사전 준비 작업들

아무튼, 그렇게 시베리아 횡단에 대한 생각은 가지고 있었다. 인터넷에서 횡단기를 읽어 보기도 하고, 책을 사서 보기도 하고. 하지만, 나의 계획을 방해하는 두 가지 적이 있다.

하나는 시간. 최소 1달은 걸린단다. 처음에는 동해에서 블라디보스토크로 브잉이 싣고 가서, 바이칼 호를 거쳐, 모스크바 찍고, 페테르부르크까지 갔다 와야 한다고 생각했다. 여기서 모스크바까지의 계획은 순전히 와이프 허락을 받아내기 위한 계획이었다. 그냥 갔다 온다고 하면, 안 보내줄 것이 뻔해서, 모스크바에서 만나서 페테르부르크에 같이 가자고 설득했다.

먼저 아준이와 브잉이를 타고, 모스크바로 가고, 모스크바로 집 사람과 아이들을 불러, 모스크바와 페테르부르크 구경하고, 거기서 바이크는 다시 트럭에 실어 보내고, 우리는 블라디보스토크로 시베리아 횡단 열차 타고 와서, 블라디보스토크에서 다시 배로 동해로 돌아오는 계획. 이러려면 최소한 한 달. 아니, 블라디보스토크까지 돌아오는 시간을 생각하면, 40일이 필요하다. 40일의 휴가는 절대 내 인생에서 주어지지 않는다. 직원 14명의 작은 회사를 운영하면서 하루에 수십 통의 전화를 받는데, 40일의 휴가가 가능할까? 사업이라도 대운이 틔어, 은행에 수십억의 현금을 쌓아 놓고, 밑에 있는 직원들이 실무는 다 해주니까 나는 골프, 낚시만 다닌다면 혹시 모르겠다. 진짜 이렇게 사업하는 사람이 있을까? 영업, 설계, 시공, 납품, 서비스 모두가 내 일이다. 나는 쉴 수가 없다. 한 달의 휴가는 불가능하다. 그래서 시베리아 횡단은 불가능하다. 그래서 그건 내 꿈이라고 말할 수도 있지만, 그러기는 싫다.

왜 일하는데? 왜 열심히 사는데? 하고 싶은 일을 하기 위해서잖아! 그런데 열심히 산다고 살면서, 하고 싶은 일도 하지 못하면 너무 하잖아? 그래서 또 고민. 한 달이 아니면 어때? 그냥 가면 되지. 하루만 갔다 와도 시베리아 갔다 온 거 아냐? 그래! 가보자.

마침 올 추석은 10일간의 휴가다. 잘 이용하면 갔다 올 수 있겠다. 천재일우의 기회다.

하고 싶은 일을 하는 것 외에 또 하나의 목적. 아들~ 사랑하는 아들. 첫째 딸 아영이는 다 커서 이제 본인 생각이 있고, 어떻게 살아야 하는지 나름 계획도 있는 것 같다. 아영이는 중학교 때 공부도 곧잘 했는데, 시골 고등학교에 가려면 차라리 가정 학습을 하겠단다. 그게 저한테는 더 맞는다고. 그래서 그래라 했더니, 6개월 만에 고졸 검정고시, 1년 만에 일본어능력시험 1급 합격, 지금은 중국어 공부. 오늘은 중국 지인 집에 한 달 가 있는데, 집 생각은 나지도 않는 듯하다. 다음 주에 올 텐데, 많이 커서 오겠지.

둘째, 우리 장남 아준이. 이제 곧 사춘기도 오고 할 텐데……. 세상이 얼마나 넓은지 보여 주고 싶다. 사춘기 대비 예방 주사 차원에서 시베리아로 간다고 한다면…… 상식적이라고 생각하는 사람이 있을까?

아무튼 여행이란 삶에서 매우 중요하다고 생각한다. 삶 자체가 여행인데, 거기서 또 여행을 가면 여행에서 여행을 가는 것이고…… 그것은 꿈속에서 또 꿈을 꾸는 것과 같은 것인데, 그러면 여기가 여행인가, 거기가 여행인가? 뭐라고 하는 건지…….

삶은 여행을 기준으로 나누어지기도 한다. 복학하기 전, 떠났던 배낭여행 후, 나도 꽤 괜찮은 사람이라고 느꼈다. 무거운 배낭을 메고 오른 청량산 중턱에서, 일주일이나 나의 일부로 지고 다닌 짐을 내려놓는 순간, 어깨와 허리가 결려 더 이상 움직이기가 힘들었다. 그런데, 오히려 무거운 배낭을 메면 걸음이 움직여졌다. 그렇구나! 짐이 없으면 오히려 산을 오르기 힘들다는 걸 알았고, 삶의 짐도 살아가는 버팀목이 될 수 있다고 느꼈다.

또 하나의 생각나는 여행은, 결혼 전 아내와 갔던 정동진 바다……. 거기에서 평생 이 여자와 살아야 할 운명을 느꼈다. 4월의 초 봄 강원도 산은 어찌 그리 푸릇푸릇 했던지……. 그래서 이 여자가 내게는 첫 여자가 되었고, 마지막이 여인이 될 것이다. 그때를 돌아보며 나중에 쓴 시도 하나 있는데…… 쑥스럽지만 공개한다.

정동진

꽃보다 빛나는 설악산 새싹들
그렇게 너와나 강릉행 버스안

붕붕붕 소리는 들리지 않는다
온세상 고요히 너의목 소리뿐

처음으 로느낀 그대의 살내음
정동진 바닷가 그대의 향기뿐

파드득 파드득 너의작 은맥박
손끝에 그대로 전해진 너의맘

그렇게 우리의 사랑은 커가고
이세상 온땅에 너와나 단둘뿐

나는 또 한 번의 여행을 하려고 한다. 이번 여행도 내 삶의 이정표가 될 수 있을지…….

"아들과 함께, 나를 찾아 떠나는 여행!" 이번 여행의 제목이다.

함께 갈 친구 소개

우리 아준이에 대해 이야기를 하려면, 내 손으로 받은 유일한 아이다. 이게 뭐 그리 중요하냐고 하겠지만, 애를 직접 손으로 받아 봐라. 볼 때마다 그게 생각난다. 그게 내 애가 아니라도 어떤 생명이 처음 태어나는 순간 그걸 받게 되면, 평생 생각나지 않을까?

첫 아이 아영이는 그냥 애가 어떻게 나오는지도 모르고 세상에 나왔다. 저녁에 대청댐 밑에 송어 횟집 가서, 송어 탕수육을 먹었다. 집에 와서 저녁 7시쯤 됐는데, 애 엄마가 갑자기 배가 아프단다. 배 아프면 화장실 가라고 했더니, 갔다 와서 한다는 얘기가 그 배가 아닌 것 같다고 한다. 아직 예정일은 15일 정도 남았지만 주워들은 거는 있어서 주기적으로 아프면 병원에 가자고 했더니, 몇 분 간격으로 주기적으로 아프다고 해서 저녁 9시에 병원으로 갔다.

다음날 아침 9시가 다 되어서 애가 나왔으니까 병원에서 한 12시간 고생한 듯싶다. 그 때도, 좀 아기에게 친화적으로 출산하는 병원이라고 해서 찾아가기는 했는데, 그냥 분만실에서 아주 평범하게 우리 아영이는 의사의 손에 안겼다.

아빠는 나가 있으라고 해서 밖에 있었다. 분만의자에 앉아서 그 힘든 순간을 애 엄마는 생판 모르는 의사와 간호사에 둘러싸여, 차가운 의자에서 그렇게 첫 아이는 나왔다. 탯줄을 자를 때 잠깐 들어갔다 왔는데, 그리고 또 다시 나가란다. 뭔가 좀 이상하다고 생각했지만, 뭐 그런 걸 고민할 새도 없었고……. 건강하게 태어나 주고, 잘 자라 주어서 고맙다.

첫째도 원래 계획하고 낳은 것이 아니었지만, 첫째를 낳았으니까, 둘째는 바로 가지려고 했다. 그런데, 이상하게 애가 생기지 않았다. 첫째는 결혼하고 두 달 만에 생겼는데, 그렇게 쉽게 생기는 애가 왜 생기질 않았을까? 나중에 안 일인데, 애기 엄마가 갑상선 기능 항진이 있어서 영향을 준 듯싶다. 물론, 아영이 5살 때 한 아기가 찾아오기는 했는데……. 두 달도 못되어 임신 진단 테스터에 두 줄만 남기고 떠나 버렸다. 그렇게 하혈을 하고 나서 둘이 해변 찻집에 앉아 얼마나 울었는지…….

그런 시간을 겪고 새로 생긴 아이가 아준이다. 그 때는 전라남도 고흥 녹동에 이사 와서 살고 있었고, 지금도 녹동에서 살고 있다. 하지만, 당시는 고흥 군내에 출산이 가능한 산부인과가 없었다. 그래서 병원도 순천으로 다녔다. 임신하고 한 8개월쯤 되었을 때, 한 TV 프로그램에서 '고통 없는 출산'인가 하는 제목으로 다큐멘터리를 방송하는 것을 보았다. 첫째 아이를 병원에서 낳아 본 아빠로서

깊이 공감이 가는 부분이 많았다. 아기 엄마와 함께 보고 나서, 우리도 저렇게 아이를 집에서 낳아 봤으면 좋겠다고 이야기 하고, 가능성을 알아보기로 했다.

그래서 먼저, 방문 가능한 조산사가 있나 알아보았더니 없다. 산부인과 의사가 집에 와서 아기를 받아 줄 수 있는지 알아봤더니, 그것도 안 된다. 그래서 우리가 직접 교육을 받고 집에서 출산을 해보자 하고, 서울로 교육 받으러 가려고 했는데 바빠서 가지를 못했다.

그렇게 해서 그냥 병원에서 낳아야 하나 보다 하고 생각하려던 차에, 아직 예정일이 20일이나 남았는데 신호가 왔다. 그 때는 일요일이었던 것 같다. 아침 8시쯤에, 여수에 일이 있어서 차를 몰고 출발했는데, 고흥 쯤 지나가는데 전화가 왔다. 양수가 터진 것 같단다. 아뿔싸, 집으로 급히 차를 돌려서 갔더니 시간이 9시를 넘었다. 이미 양수가 흘러나오고 있었다. 당시 집에는 할머니와 아영이가 있었는데, 할머니는 아영이 데리고 볼 일 보러 나가시고, 우리는 차를 타고 순천 병원으로 출발했다. 한 5분 갔는데, 진통이 온단다. 순천 가려면 1시간이나 가야 하는데, 이러다가 진짜 차에서 애가 나오는 게 아닐까 하는, 순간 두려움이 몰려왔다. 갑자기 고민이 되었다.

그 순간 마음속으로 결심을 했다. 집에서 낳아야 하겠구나……. 그때부터 애 엄마에 대한 설득 작업을 했다. 애 낳는 게, 그렇게 무서운 일은 아니다. 현재 60억 인구 중에 집에서 태어난 사람들이 더 많다. 인류 역사 6000년 중 병원에서 애를 낳은 것은 50년도

채 안 되었다. 등등. 이렇게 가다가, 차에서 애가 나오면 더 위험하지 않겠느냐는 이야기까지.

그래서 차를 다시 집으로 돌렸다. 집에 오니까, 10시쯤 되었던 듯하다. 바로 집에 가지 않고 좀 걸어야 출산에 도움이 된다는 이야기를 들은 적이 있어서 녹동의 장수라는 동네 가는 길의 다리 밑에서 30분 정도 걸은 것 같다. 그리고 진통 시간이 점점 다가오자 같이 집으로 왔다.

집에 도착해서 먼저 이불을 깔고, 산모를 눕히고, 이불이 피에 젖으면 안 된다고 해서 큰 수건도 갖다가 깔고…… 그 다음에는 뭘 했지? 기억이 안 나네……. 아무튼 한 12시부터 애가 나오기 시작한다. 뭔가 시꺼먼 게 보인다. 머리가 나온다. 머리만 나왔는데, "응애~" 하고 우는 소리를 들었다. 원래 다들 그러는 줄 알았는데, 이렇게 머리만 나와서 우는 경우가 특이한 경우란다.

그렇게 정신없이, 별로 힘들이지 않고 아준이는 세상에 나왔다. 힘들이지 않았다는 것은 내 기준이고, 산모는 엄청 힘들었겠지. 막 애가 나오니까 할머니가 아영이를 데리고 들어오셨고, 집에서 애를 낳았냐고 하시면서, 얼른 면도칼을 가지고 와서 탯줄을 잘랐다. 전에 아영이 탯줄을 집에 보관하고 있었는데, 거기에 붙어 있던 뭐라고 해야 할지 모르겠지만, 그 탯줄 집게를 가져와서 자른 탯줄을 집어서 피가 나오지 못하게 하고, 피투성이 아준이를 엄마 배 위에 올려 두었는데……. TV에서는 나오자마자 엄마 젖을 빨더만, 아준이는 젖은 잘 못 빤 듯싶다. 대충 태반까지 나오고, 마지막까지 나오라고 배 쓸어 주고, 피 묻은 수건 이불 정리했다. 그동안 아준이는 옆에 잠이 들었다.

그런데 갑자기 이 정신 없는 아줌마가 샤워가 하고 싶단다. 할머니도 안 하는 게 좋지 않겠냐고 하셨는데, 컨디션이 괜찮다고 샤워실로 들어가 샤워를 하더니만, 순간 어질했단다. 역시 어른들 말은 듣는 게 좋다. 탯줄은 이사 가려고 수리 중이던 단독 주택 앞 감나무 밑에 묻어 주고, 일요일 오후, 나는 새 집 리모델링 작업을 계속했다.

그런데 애를 집에서 낳았다고 하니까 사람들이 이상하게 생각하는 걸 느꼈다. 옛날 어르신들은 가난해서 집에서 낳을 수밖에 없는 처지가 생각나, 가여워 했고, 젊은 사람들은 혹시 있을지 모르는 사고 대비가 너무 없었다고 무책임한 아빠라는 느낌을 주게 만들었다. 읍사무소에서 출생 신고하기도 까다로웠다. 병원 분만의 경우, 병원의 출생증명서만 있으면 되지만, 가정 출산은 확인자가 있어야 한다고 도장도 받아 오라고 하고……. 아무튼 내가 뭔가 잘못한 사람처럼 느껴져서, 셋째까지 도전해 보기는 어려웠다.

5일 뒤 산부인과에 갔더니, 애는 건강하다고 했다. 그런데 파상풍 주사를 맞아야 한단다. 탯줄 자를 때 감염되었을지 모른다고……. 좀 마음에는 안 들었지만, 어쩔 수 없었다. 아기 엄마 밑을 보더니만, 집에서 낳아서 열상이 있다고 말하면서, 이미 시간이 지나서 봉합은 안 한다고 좀 기분 나쁘게 말하는 듯했다. 원래 아기 낳으면 열상이 생기는 거 아닌가? 그거 방지하려고 회음부 절개를 하는 거고, 그리고 꿰매 주는 거고……. 봉합 안 할 정도의 열상이면 심한 것도 아닌 것 같은데.

이렇게 해서 아준이는 세상에 태어났다. 내 손으로 직접 받은 아들이다. 집에서 낳으면 애가 성격이 순하고 좋다고 하는데, 꼭 그렇지만은 않은 듯. 뒤로 둘을 더 낳아서 애를 넷 키워 보니까, 집에서 낳느냐 병원에서 낳느냐는 별로 중요하지 않은 것 같다.

이렇게 태어난 아준이가 초등학교 4학년 11살이다. 어려서는 사교성이 좋아 모르는 사람들에게도 잘 웃고 이것저것 물어보던 녀석이 좀 소극적이 되어 가는 것 같다. 동생들과 놀다 보니, 똑같이 어려지는 것 같기도 하고. 자신 앞에 얼마나 큰 가능성과 잠재력이 있는지 전혀 모르는 것 같다. 나도 그 나이 때는 몰랐을 테지만.

아무튼 아준이와 함께 시베리아 횡단을 하자고 이야기 해 왔고, 이번 기회를 놓치면 다시는 가지 못할 것 같은 위기감에 10일간의 추석 연휴를 이용해 블라디보스토크행 배에 오르려고 한다.

실제 준비 시작

2017년 추석 연휴에 가자고 결정한 건, 6월 쯤. 그간 좀 알아보긴 했는데, 경황이 없어 신경을 못 쓰다가, 7월이 되면서 더는 미룰 수 없어 실행 계획에 들어갔다. 그런데, 아직 다리도 좋아지지 않았고, 걷기는 했지만, 뛰지는 못하는 상태였고, 오토바이도 7개월 이상 타지 않았다. 그리고 회사 사정도 이것저것 좋지 않아 자금 사정도 여의치 않았고…….

그래서 갑자기 든 생각이, 시베리아에 가긴 가는데 자전거를 타고 가자. 섬광처럼 이런 생각이 떠올랐다. 오토바이보다는 다루기 쉽고, 아준이 자전거도 가지고 가면, 운동도 되고, 비용도 훨씬 절약 될 것 같은 유혹이……. 게다가 내 브잉이는 팔아서 자금 마련도 하고. 자전거는 여기서 가지고 가기 어려우면 러시아 가서 빌려도 되고. 아무튼 굿 아이디어라고 느끼고, 그렇게 하자고 마음속으로 결정을 내렸다. 그리고 나서 아준이 설득 작업에 들어갔다. 아준이는 자기는 자전거 타고 가도 상관없다고 했다. 그래서 그렇게 하려고 했는데…….

7월 중순, 본격 실행에 돌입했다. 일단 배표를 예매했다. DBS훼리라는 회사에서 동해에서 블라디보스토크로 가는 배를 운행한다는 정보를 인터넷으로 찾고, DBS훼리에 전화했다. 첫 번째 알게 된 사실. DBS훼리는 블라디보스토크로 일주일에 한 번 배를 운행한다. 일요일 14시에 동해에서 출발해서 월요일 14시에 블라디보스토크에 도착하고, 수요일 14시에 블라디보스토크에서 출발해서 목요일 12시에 동해에 도착한다. 추석 연휴만으로는 부족하다. 그래도 기왕 하기로 결심한 일이니까 실행했다. 회사 직원들에게는 미안하지만, 엄청 바쁠 때인데…….

먼저 아준이와 함께 둘이 갈 수 있는지 알아보았다. 승객 업무는 서울 사무소에서 담당한다고 해서 서울 사무소에 연락해 보니까, 이번 연휴 때는 승선표가 이미 매진이란다. 그래서 혹시 바이크를 가지고 가면 갈 수 있느냐고 물어 보니까, 그건 동해에서 담당한다고 하면서 화물 담당자 연락처를 알려 주었다. 동해에 전화해 보니 바이크를 가지고 가면 갈 수 있다고 했다. 여기서 의문. 왜 사람만 가면 안 되고, 바이크를 가지고 가면 될까? 잘 모르긴 해도, 화물 운임이 돈이 되니까, 자동차와 같은 화물 운송을 위해 따로 티켓을 비워 두는 게 아닐까 싶다. 아무튼 이렇게 해서 원래 계획대로 자전거가 아니라 바이크를 가지고 가게 됐다. 돌고 돌아서 제자리에……. 이것을 운명이라고 부르는 것일까? 시베리아에 바이크를 가지고 가야 하는 운명.

일단, 예약을 위해 여권 사본을 보냈다. 그리고 한 달 전까지 준비해야 한다는 서류 목록을 받았다. 아래 참조.

수신: 조현석 님

발신: 디비에스 / 김**

[동해↔블라디보스톡 / 왕복 기준]

▶객실예약을 위해 여권사본 먼저 송부 바랍니다.

일정: 17년 10월 1일↔17년 10월 11일

동해↔블라디 / 왕복

차종: 650cc 바이크

인원: 차주 포함 총 2명

1. 오토바이 화물 운임

500cc 이상 왕복: $800 / 대당

블라디 현지 하역료, 통관료, 보험료 등은 별도입니다.

(약 20,000~30,000루블 발생되며 통관상황에 따라 약간 다를 수 있습니다.)

2. 객실 운임

ECONOMY CLASS(단체실) 기준 왕복 ₩370,000/인(일시수출입 차량 소유주 본인 30% 할인)

3. 터미널항만세: ₩2,500/인당

사전 안내드린 사항 관련하여 필요 제출 자료 유첨하오니 확인하시어 일정 정해지시는 대로 가급적 한 달 전에 예약문의주시기 바라며 출항 당일로부터 최소 일주일 전까지 아래 서류 취합하여 회신/전달하여 주시기 바랍니다.

① 여권
② 운전면허증
③ 국제운전면허증(겉표지 1장, 사진 있는 면 1장)
④ 국가식별기호(ROK 스티커): 관할구청 및 차량등록소 교부, 일부 지방의 경우 개인 제작
⑤ 일시 수출입 신고서(관련 서식 다운로드): 동해세관에서 전산입력
⑥ 블라디보스토크 현지 사전 통관 신고서(영문으로 작성)
⑦ 자동차등록증(국문), 자동차등록증서(국문/영문표기): 자동차등록증서는 관할구청 및 차량등록소 교부

*차량 사진(차량 전면 1장, 번호판 1장, 차대번호 1장, 제조사명/모델명 찍힌 사진 1장) 함께 제출하여 주시기 바랍니다.

**위험물(부탄가스, 엔진오일 등)은 차량에 적재하실 수 없으니 참고 바랍니다.

- 상기 제출 기한 준수 바라오며 사전 예약 및 제출 기한 지연 시 진행이 불가능할 수 있으니 주의 바랍니다.

차량은 반드시 본의 명의가 아닐 경우 진행이 불가하오니 이점 유의

하시기 바랍니다.

- 블라디 현지 통관 특성상 도착 후 2~3일 걸릴 수 있사오니 이점 양지하여 주시기 바랍니다.

이렇게 일단 예약은 완료. 어찌 어찌 하다 8월 중순. 슬슬 서류를 챙겨야 한다는 생각이 들기 시작했다.

국제운전면허증는 2년 전에 일본 후쿠오카 가면서 발급 받은 적이 있다. 찾으려고 했지만, 찾을 수 없었다. 결국 여수 경찰서 민원실에 재발행 하러 갔다. 여권 사진 1매 필요. 그런데 가서 이전에 발급 받은 것을 잃어버렸다고 했더니, 국제운전면허증은 유효기간이 1년이라서 어차피 다시 만들어야 한단다.

수출입신고서와 사전통관신고서는 DBS에서 샘플을 보내 주어서 그대로 작성. 별 어려움은 없었다.

자동차등록증은……. 아뿔싸, 내 바이크의 등록증이 없다. 어디 있는지 찾을 수 없어서, 읍사무소에서 재발행. 이륜차 업무는 언제부터인지 읍사무소 등 지자체 산업계에서 처리한단다. 국문으로 재발급 완료. 그런데, 영문 등록증이 문제다. 이것은 회사가 있는, 화양면 면사무소에 갔더니, 담당자가 해 본 적이 없다고 알아본다고 하더만, 다음날 전화 와서 가능하다고, 몇 가지 서류 가지고 와서 신청서 작성하란다. 가서 신청서 작성했고, 그 다음날 찾으러 오라고 전화 왔다. 시간이 좀 걸려서 그렇지 큰 문제는 없었다.

다음은 바이크 사진. 다른 사진들은 큰 문제없었는데, 차대 번호가 좀……. 바이크에 붙어 있는 차대번호를 찍어 보냈더니, 각인이 된 차대 번호가 필요하단다. 아무리 찾아봐도, 플래시를 여기 저기 비춰 봐도 찾을 수가 없다. 심지어 안장 밑까지 들고 찾아봐도 찾지 못했다. 인터넷에서 검색해도 찾을 수 없고. 결국 스즈키 서비스 센터에 전화해서 물어 보았다. 담당자도 자기도 잘 모르겠다고 하면서, 옆에 있는 사람에게 물어서 핸들 밑 축에 잘 보면 각인이 되어 있을 거라고 대답해 준다. 다시 라이트를 들이댔고, 결국 찾아냈다. 이렇게 어려운데 숨겨 놓았을 줄이야…….

아래는 제출한 서류들이다.

1. 여권

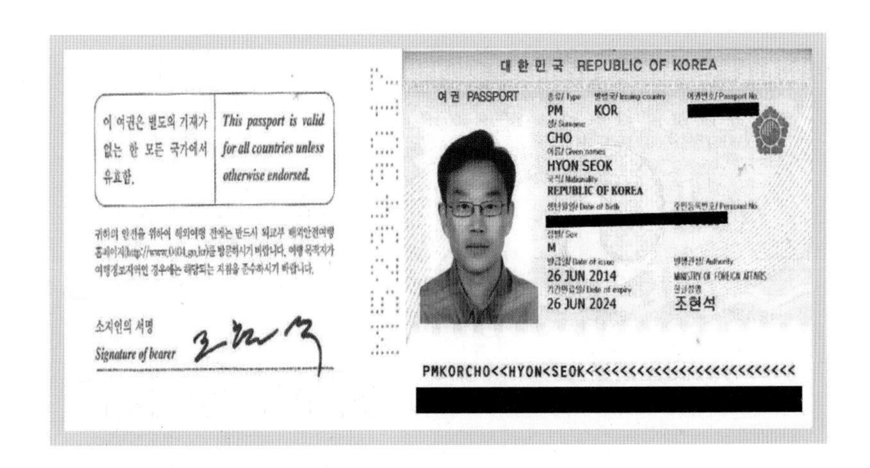

2. 운전면허증

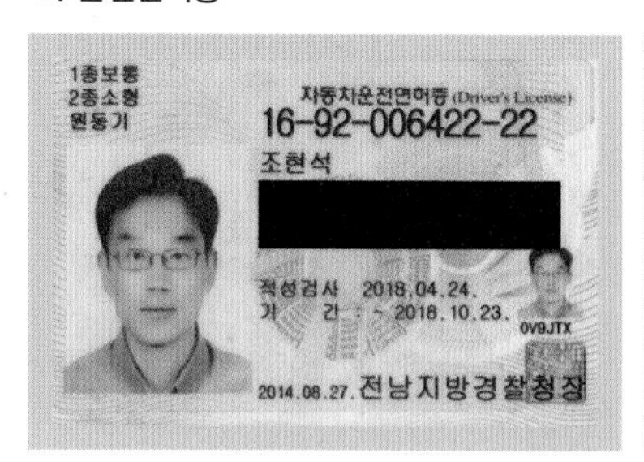

3. 국제운전면허증

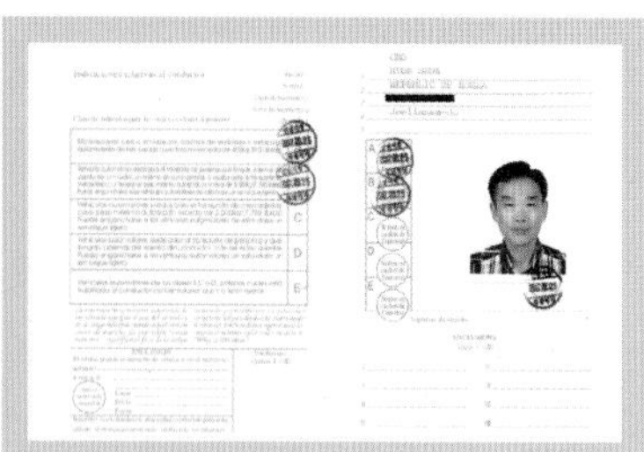

4. 국가식별기호

5. 일시수출입신고서

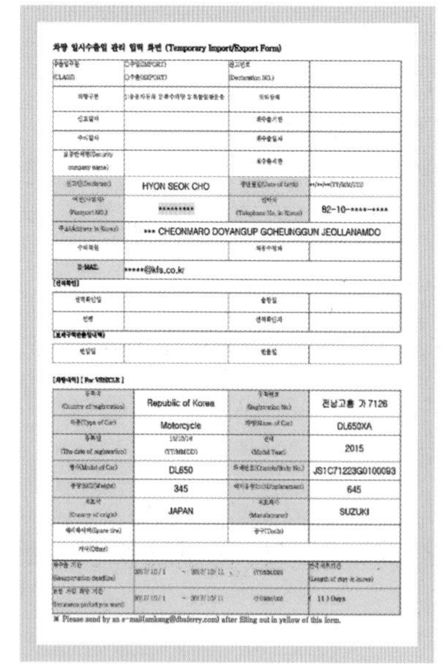

차량 일시수출입 관리 입력 화면 (Temporary Import/Export Form)

수출입구분 (CLASS)	○수입(IMPORT) ○수출(EXPORT)	신고번호 (Declaration NO.)	
[illegible]	[illegible]	[illegible]	
[illegible]		[illegible]	
[illegible]		[illegible]	
[illegible]		[illegible]	
신고인(Declarant)	HYON SEOK CHO	생년월일(Date of birth)	**/**/**(YY/MM/DD)
여권번호 (Passport NO.)	*********	전화번호 (Telephone No. in Korea)	82-10-****-****
주소(Address in Korea)	*** CHEONMARO DOYANGUP GOHEUNGGUN JEOLLANAMDO		
[illegible]		[illegible]	
E-MAIL	*****@kfs.co.kr		

[illegible]

[illegible]		[illegible]	
[illegible]		[illegible]	

[illegible]

[illegible]		[illegible]	

[차량내역] [For VEHICLE]

등록국 (Country of registration)	Republic of Korea	등록번호 (Registration No.)	전남고흥 가 7126
차종(Type of Car)	Motorcycle	차명(Name of Car)	DL650XA
등록일 (The date of registration)	[illegible] (YY/MM/DD)	연식 (Model Year)	2015
형식(Model of Car)	DL650	차대번호(Chassis/Body No.)	JS1C71223G0100093
중량(KG)(Weight)	345	배기량(cc)(Displacement)	645
제조국 (Country of origin)	JAPAN	제조회사 (Manufacturer)	SUZUKI
예비타이어(Spare tire)		공구(Tools)	
기타(Other)			
재수출 기한 (Reexportation deadline)	2017/10/1 ~ 2017/10/11 (YY/MM/DD)		한국체류기간 (Length of stay in korea)
보험 가입 희망 기간 (Insurance period you want)	2017/10/1 ~ 2017/10/11 (YY/MM/DD)		(11) Days

※ Please send by an e-mail(amkang@dbsferry.com) after filling out in yellow of this form.

6. 블라디보스토크 사전통관신고서

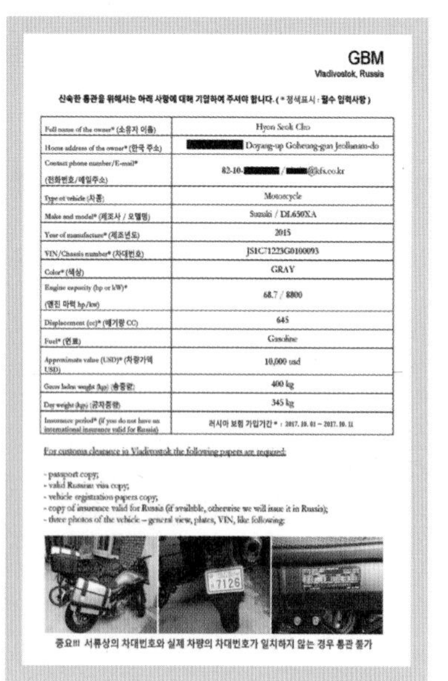

GBM
Vladivostok, Russia

신속한 통관을 위해서는 아래 사항에 대해 기입하여 주셔야 합니다. (* 청색표시 : 필수 입력사항)

Full name of the owner* (소유자 이름)	Hyon Seok Cho
Home address of the owner* (한국 주소)	Doyang-up Goheung-gun Jeollanam-do
Contact phone number/E-mail* (전화번호/메일주소)	82-10- / @kfs.co.kr
Type of vehicle (차종)	Motorcycle
Make and model* (제조사 / 모델명)	Suzuki / DL650XA
Year of manufacture* (제조년도)	2015
VIN/Chassis number* (차대번호)	JS1C71223G0100093
Color* (색상)	GRAY
Engine capacity (hp or kW)* (엔진 마력 hp/kw)	68.7 / 8800
Displacement (cc)* (배기량 CC)	645
Fuel* (연료)	Gasoline
Approximate value (USD)* (차량가액 USD)	10,000 usd
Gross laden weight (kg) (총중량)	400 kg
Dry weight (kg) (공차중량)	345 kg
Insurance period* (if you do not have an international insurance valid for Russia)	러시아 보험 가입기간 * : 2017. 10. 01 ~ 2017. 10. 11

For customs clearance in Vladivostok the following papers are required:

- passport copy;
- valid Russian visa copy;
- vehicle registration papers copy;
- copy of insurance valid for Russia (if available, otherwise we will issue it in Russia);
- three photos of the vehicle – general view, plates, VIN, like following:

중요!!! 서류상의 차대번호와 실제 차량의 차대번호가 일치하지 않는 경우 통관 불가

7. 자동차등록증(국문)

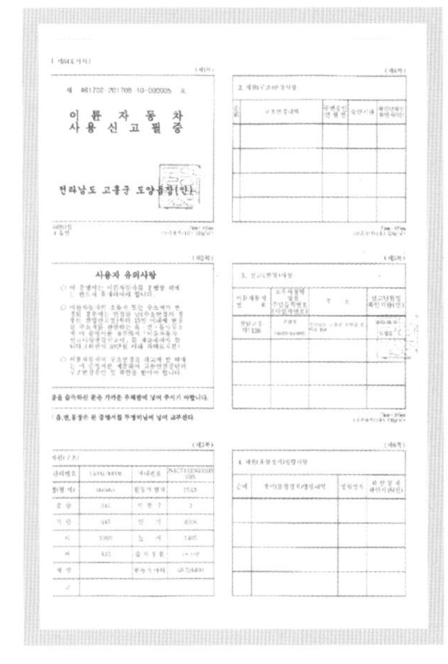

제 461702-201708-10-000005 호

이 륜 자 동 차
사 용 신 고 필 증

전라남도 고흥군 도양읍장(인)

사용자 유의사항

8. 자동차등록증(영문)

VEHICLE REGISTRATION CERTIFICATE

신청자의 성명 Full name of applicant for certificate	HYON SEOK CHO
신청자의 주소 Home address of application for certificate	
주민등록번호 Code No .of inhabilation Registration	
차명 Trade mark of the mark of the vehicle	DL650XA
차대번호 Maker's Serial number	JS1C71223G0100093
등록번호 Registration number	전남고흥 가 7126
등록연월일 Date of first registration	15/10/16 (YY/MM/DD)

2017년 9월 6일

대한민국 전라남도 여수시화양면장 (인)

MAYOR GOVERNOR OF YEOSUSI HWAYANG-MYEON ,

JEOLLANAMDO REPUBLIC OF KOREA

9. 바이크 사진

8월 말 위 서류들 보내 놓고, 사전 심사 시 문제 있으면 연락한다고 전화 통화까지 하고, 서류 준비는 마무리. 이제 결전의 시간이 다가오고 있다. 출항 일은 10월 1일. 10월 1일 아침 9시까지 동해항 DBS 사무소로 와야 한단다. 집에서 출발은 9월 30일 토요일.

출발하기 전에 필요한 것들을 좀 샀다. 혹시 숙소를 못 잡을까? 싶어서 1인용 텐트와 침낭 2개를 샀지만, 짐을 싸다가 포기. 가지고 갈 수가 없다. 대부분 도시에서 잘 계획이라 필요가 없을 것 같다. 혹시 필요하면 가서 사기로 하고. 단, 옷은 좀 넉넉하게 챙겼다. 스키복 상하의에 신발도 승마 장화로 무릎 밑까지 올라오는 장화 챙겼다. 그 외에 비 대비해 우비 2벌, 방수 신발 덧신 2개, 방수 장갑 2개 등등 방수 준비를 좀 했고, 그 외에는 일상적인 물건들. 갈아입을 옷, 카메라, 노트북, 아이패드 등등.

그런데 바이크를 손을 봐야 한다. 작년 태풍 바람에 넘어져서 오른쪽 백미러가 깨졌고, 스즈키에서 시동 꺼짐 현상 관련해 리콜을 받으라는 엽서가 와서 리콜도 받아야 한다. 지금 1200km 정도 타서 엔진오일과 필터도 교환해야 한다. 오일과 필터는 작년에 사 둔 것이 있지만, 백미러와 다른 부품들은 광주 월드모터스에 주문해 놓은 상태이다. 한번은 광주에 갔다 와야 하는데 영 시간이 나지 않는다.

미루고 미루다가 출발하기 전날 9월 29일 광주에 갔다 오기로 작정하고 아침에 브잉이를 끌고 길을 나섰다. 먼저 회사에 출근했다가, 오전에 일을 보고 광주에 갔다가 집으로 퇴근할 작정 이었다.

총 거리는 여수 출근 100km, 광주 가는 길 150km, 집에 오는 길 150km 정도. 400km를 뛰어야 한다.

아침 7시 출발. 새로 산 코미네 장갑을 끼고 출발했다. 라지 사이즈로 샀는데, 왠지 손가락이 불편하다. 좀 작은 듯싶기도 하지만, 그보다는 약지와 새끼손가락의 아래쪽이 가죽으로 덧 되어 붙어 있어 새끼손가락을 움직일라 치면, 꼭 골절되는 느낌이다. 이걸 어쩌나 많이 고민하다가 일단 끼고 가보기로 했다.

7시 출발해서 100km를 달려, 8시 20분 회사 도착. 고속도로를 타지 못한 것 치고는 시간이 괜찮다. 그런데 출근 하자마자 일이 밀린다. 내부 일도 있고 여기 저기 전화도 온다. GS칼텍스 밸브 문제로 들어간다고 약속해 놓은 것이 생각이 났고, E1 작업도 마무리 때문에 들어가야 할 필요가 생겼다.

대충 견적을 작성해 보내고, 10시 GS칼텍스로 출발. 공단은 큰 차들이 많아 위험하다. 천천히 다니면 오히려 큰 차들에게 더 밀린다. 칼텍스 일을 마치고, E1으로 갔는데, 생각보다 할 일이 많다. 어제 없었던 문제도 생겨 한참 고생을 했다. 점심을 먹고 돌아와서 마무리 작업 하는데 생각대로 되질 않는다. 2시에는 광주로 출발해야 하는데, 시간이 2시를 훌쩍 넘겨 버렸다. 광주에 가는 것은 포기해야 한다. 그럼 어떡해? 손아래 동서를 오늘 칠서로 출장 보냈는데, 오는 길에 광주에 들렀다 오라고 전화를 했다. 3시간 정도 시간이 더 걸리는 일이라 미안하기는 하지만 어쩔 수 없다.

4시에 E1에서 나와 일단 엔진오일을 교환하기로 했다. 아영이 스쿠터 산 오토바이 가게에 갔는데 문을 다 열어 놓고 아무도 없다. 전화 해 보니, 출장 갔다고 1시간만 기다리란다. 기다릴 시간이 없다. 밑에 있는 다른 오토바이 가게에 갔다. 60대 중반 사장님이 계셨는데, 멀찍이 세워 놓고, 엔진오일 교환 한다니까 올라오란다. 앞에 차가 막고 있어 멀찍이 돌아 힘들게 바이크를 올렸다. 그랬더니, 국산 오일밖에 없단다. 그래서 오일은 사 왔다고 했더니, 자기는 바쁘다고 다른 집에 가서 하란다. 그러려면 처음부터 안 된다고 하던지……. 황당!

어느덧 시간은 4시 반. 이래서는 엔진오일도 갈 수 없다. 일단, 집으로 출발하자. 녹동까지 갔는데, 거기서도 안 갈아준다고 하면 어떡하지? 걱정이 된다. 벌교에서부터 오토바이 가게를 훑고 가기로 했다. 일단 벌교에서 고흥 넘어가는 모퉁이 집. 사장님이 몸이 아파서 이런 대형 바이크는 작업을 안 하신단다. 그러면서 광주 가는 길에 가면 두 집 정도 있다고 알려 준다.

벌교에서 광주 가는 길로 아무리 가도 바이크 샵이 없다. 다시 돌아오다 보니, 안쪽에 한 집이 보인다. 마음씨 좋아 보이는 사장님이 올라오라고 해서 브잉이를 올렸고, 10분만에 작업 완료. 작업은 별로 어렵지 않더만. 다른 데서는 왜 안 해 준다고 했을까? 아무튼 작업비도 1만 원밖에 안 받으시고, 내일 러시아 간다고 했더니 부럽다고 하시면서, 잘 갔다 오란다. 마침 동서에게 전화했더니, 벌교를 지나는 길이라고 하기에, 오토바이 수리점에서 만나서 백미러 부품도 교환하고 수리를 마쳤다. 리콜을 받지는 못했지만, 주행 중

시동 꺼지는 문제가 발행할 수 있다고 해서 걱정이 되기는 하지만, 당장 문제가 될 것 같지는 않다. 일단 이렇게 하고 출발해야겠다.

그런데 문제가 생겼다. 다리가 아프다. 십자인대 수술을 하면서, 무릎 아래쪽에 볼트를 박아 놓았는데, 그 아랫부분이 아프다. 손으로 누르면 상당히 통증이 있다. 왜 그럴까? 아마 바이크 자세가 다리를 약간 돌려야 하는 자세인데, 아직 그런 자세에는 적응이 안 되어서 그런 듯싶다. 집에 6시 30분 도착해서 다리를 주물러 좀 풀어 주고, 저녁 먹고 짐 싸고, 식구들이랑 맥주 한잔 하고…… 12시쯤 취침. 다음날이 걱정이다.

동해항으로 출발

아침 7시 기상. 이것저것 준비. 짐 싸고 8시 30분 출발. 할머니와 부모님께 인사드리고 카니발과 함께 출발했다. 원래 아준이와 둘이 가려고 했는데, 집사람이 같이 가겠단다. 그리고 하는 말이, 다른 사람들한테, 내가 바이크 가지고 시베리아 간다고 하니까, 간다고 하는 나는 그렇다 치고, 보내 주는 사람도 이상하다고 한단다. 그래서 자기가 살짝 이상한 사람 취급을 받았다고. 그러면서 가지 말라고 해서 안 갈 사람이 아니니까라고 하더군. 칭찬이야 뭐야! 아무튼 동해까지 같이 가 준다니, 나야 고맙지. 아준이도 태워다 주고. 바이크는 고속도로 또는 자동차 전용 도로에 진입할 수 없다. 티맵 내비게이션을 자동차 전용 제외로 검색해 놓고, 총 520km에 9시간 이상 걸리는 거리다. 오늘 일정이 이번 여행에서 가장 무리가 되는 일정이 아닐는지……. 러시아에서는 힘들면 그만 가면 되지만 오늘은 어쨌든 동해까지 가야 한다.

원래 카니발과 나란히 같이 가려고 했는데, 카니발이 내 속도를 따라오지 못한다. 순천 시내 등 시간이 걸리는 길도 통과해야 하기에, 아무래도 카니발은 고속도로로 보내야겠다. 그래서 고속도로로 가서 동남원 IC 지나 첫 번째 휴게소에서 만나기로 했다. 벌교 순천 구례를 지나 남원까지 올라간다. 약속한 휴게소 도착했더니 11시 30분 정도. 집사람이 먼저 와서 기다리고 있다. 도착한 지 한 3분 되었단다. 나보고 참 대단하단다. 국도로만 오고서도, 이 시간에 도착했다고…… 휴게소에서 아가들 아이스크림 사주고, 바나나 하나 먹고, 다시 출발. 다음에는 무주 IC 지나고 첫 번째 오른쪽 휴게소에서 만나기로 했다.

무주 IC 지나고 첫 번째 휴게소에서 만나자고 했지만, 무주 IC를 지나니까 오른쪽에 휴게소를 찾을 수 없다. 그리고 동남원에서 무주까지 오는 국도가 2차선에, 느리게 가는 차들이 많아, 나는 추월해서 왔지만, 카니발이 제대로 쫓아올지 걱정이 된다.

무주를 지나고, 황간까지 가는 동안 휴게소를 찾을 수 없다. 걱정이 되어 길가에 브잉이를 세우고 전화를 했다. 황간 5km 전이다. 점심도 먹어야 하기에 네이버 황간 맛집으로 검색해서 덕승관인가, 백종원 추천 중국집 찾아서 카톡으로 보내놓고 전화를 했더니 벌써 황간이란다. 어떻게 벌써? 아직 한참 뒤에 있어야 하는데…….

아무튼 그 중국집으로 가라고 해 놓고 급히 액셀러레이터를 당긴다. 중국집 도착. 1시가 좀 못 되었다. 카니발은 도착한 지 5분 정도 되었다고…… 물어 봤더니, 장수에서 무주까지 고속도로로 왔단다. 이 사람이 이제 점점 똑똑해지는군. 짜장면에 탕수육을 시켜서 먹는다. 아윤이가 너무 탐스럽게 먹는다. 사진을 남기지 못한 게 아쉽다.

1시 40분 다시 출발한다. 다음 도킹 장소는 정해 놓지 않고, 티맵 내비로 자동차 전용도로 제외로 검색해서 가다가, 적당한 지점에서 내가 먼저 도착해 전화하기로 했다. 그런데, 처음에는 카니발이 먼저 출발했고 내가 뒤따라 가다가, 추월해서 먼저 달려갔다.

온도가 25도를 넘어가면서 너무 더워졌다. 코미네 장갑 때문에 손에서도 땀이 나고, 바람막이에 가죽점퍼까지 입었더니 위에서도 땀이 났다. 이렇게는 더 이상 가기가 어려워, 옷을 갈아입어야 한다는 생각에, 길 가 버스 정류장에 브잉이를 세웠다. 그런데 그 순간, 쿵! 대형 바이크는 주행하는 건 별 문제가 아닌데, 정차 시 컨트롤이 어렵다. 조금이라도 중심이 무너지면 넘어지기가 십상이다. 그래서 제쿵이라는 단어까지 생긴 것 같다. 보통 중고 바이크 거래 사이트에 보면 '제쿵만 한두 번 있어요', 아니면 '제쿵도 없어요'라고 하는 게 모두 제자리에서 넘어진 경험을 말한다. 생각해 보면, 그럴 이유도 없을 것 같은데, 발 착지성에 문제가 있는 것도 아닌데, 왜 제쿵을 하는지. 아무튼 이렇게 넘어져 버렸다.

앞에 가는 카니발을 불렀다. 5분 뒤 카니발 도착. 아영이와 아준이 아영 엄마 모두 붙어서 브잉이를 일으켜 세웠다. 별 문제는 없는데, 액셀러레이터 손잡이 끝이 약간 휘었다. 지금까지는 오른쪽으로만 넘어졌는데 왼쪽으로 넘어져 보기는 처음이다. 오른쪽 브레이크 손잡이 끝은 이미, 부러져 있다. 조금 전까지 바이크 컨트롤에 자신감이 붙었는데, 이제 또 자신감이 무너진다. 잘 갔다 올 수 있을까? 걱정이 된다.

고3때 아침에 등교를 하면서, 바이크를 타고 커브길을 돌다가 바닥이 살짝 얼어 있어서 그대로 바이크와 함께 미끄러진 적이 있다. 신기한 것은 그 다음부터 커브를 돌 때 바이크를 기울이지를 못했다는 것이다. 바이크는 핸들을 돌려 조정하는 것이 아니라 중심이동으로 조정하는데, 기울이지 못한다는 것은 큰 문제이다. 마음에서 기울이면 넘어질 것 같고, 그런 증상이 일주일은 갔던 것 같다. 제쿵도 한번 하고 나면, 정차할 때마다 심적 부담이 된다. 심지어 신호등에 세울 때도, 걱정이 된다. 마음이 무너지면 모든 것이 무너진다.

그래도 할 수 없다. 다시 출발했다. 문경을 지나고 예천을 지나고 하면서…… 이 길은 낯이 익다. 아니 길은 많이 바뀌어서 하나도 기억나지 않지만, 20대 초 젊은 나이에 배낭 하나 메고, 문경에서 예천으로 주왕산으로 청량산으로 부석사로 통리로 태백으로 해서 태백에서 다시 차타고 청주까지……. 그 때 집사람이 청주에서 수습 약사로 일하고 있었는데, 나는 아직 대학 졸업 전이었고, 아직 장래를 약속한 사이도 아니었고, 그저 마음으로만 좋게 생각하고 있었던 때였던가?

배낭여행 끝에 근무하던 약국으로 무작정 찾아가서, 십 수 일 밖에서 보냈으니 몰골이 말도 아니었을 텐데 무슨 목걸이인가 안동에서 산 기념품 하나 던져 주고 집으로 온 기억이 난다. 20년 전 다녀왔던 길이었다는 추억이 이 길이 낯익게 만든다.

그런데 문제가 생겼다. 핸드폰으로 티맵을 켜고 왔는데, 배터리가 경고 수준이다. 적당한 휴게소 있으면 쉬려고 했는데, 아무리 가도 휴게소가 나오지 않는다. 김천 가는 4차로에 브잉이를 올렸는데, 이제 배터리는 4% 수준. 이렇게 배터리가 나가면 서로 연락도 되지 않고 내비도 안 되고, 문제가 커진다.

터널 막 지나 주유소에 정차해서 전화를 했더니, 막 터널 지나기 전이란다. 주유소로 오라고 해서, 3분 후 주유소 도착. 아영이 보조 배터리로 충전시켜 놓고 카니발은 기름을 넣고, 주유소에 커피 마실 수 있냐고 했더니 바로 앞에 휴게소가 있단다. 배터리 수준은 10% 정도. 휴게소 가서 커피 마시자고 하고, 카니발 먼저 출발. 주유소 바로 지나 휴게소 단지 이정표가 보였지만, 설마 이 휴게소 단지는 아니겠지 하고 지나쳤다. 그런데, 가도 가도 휴게소는 나오지 않는다. 배터리 5% 이하가 되어 내비 화면도 어두워져 잘 보이지 않는다. 4차선 도로에서 갈림길에서 태백 쪽으로 들어선다는 것이, 산길로 가 버렸다. 브잉이 세우고 전화를 했다. 지금 막 무진랜드라는 휴게소에 들어갔단다. 배터리 2%. 무진랜드 네이버 검색해서 5km 앞이라는 걸 확인하고 출발.

드디어 무진랜드에 도착.

아이스커피 한 잔 마시고, 아영이 보조 배터리를 달고 다닐 생각으로 묶을 고무줄을 달라고 했다. 아린이 머리끈 2개 받아서 핸드폰 거치대 뒤에 배터리를 고정시키려고 했더니 잘 되지 않는다. 그 때 든 생각이 배터리를 안장 밑 작은 수납공간에 넣고, 길이가 긴 충전 케이블로 연결하면 될 듯. 나는 왜 이렇게 똑똑하지? 생각하며, 그렇게 보조 배터리 연결. 다시 출발한다. 이제 남은 거리는 100km 안쪽.

우리가 동해에서 묶을 숙소는 코스모스 호텔. 이제 끝까지 코스모스 호텔까지 가기로 했다. 태백을 지나고 청옥산을 넘어서 삼척을 지나고 동해까지……. 동해에 도착하자 기름이 바닥이다. 여기까지 오는 동안 녹동에서 기름 채우고 출발, 무주 오기 전에 한번

넣었고, 동해까지 왔으니까. 2만 원 넣고 250km는 타는 듯싶다. 주유를 하고 출발했더니, 신호등에서 카니발을 만났다. 빨리도 쫓아왔네. 슬슬 같이 다닐 만하다. 점점 똑똑해지는 것 같고, 오래 살면서 서로에게 적응이 되는가 보다. 서로의 스타일도 알아 가고. 말하지 않아도 이 사람이 이런 생각을 할 것이다 짐작하게 되고, 그렇게 함께 늙어 가는 게 아닐까?

코스모스 호텔 도착. 5시 40분. 미리 예약을 해 놓아서 바로 키를 받아 올라갔다. 2인용 침대 2개에 방이 상당히 넓다. 목욕탕도 엄청 넓고. 아가들이 마음에 드는 모양이다. 단 한 가지 단점은 너무 넓어서, 조금만 세게 걸어 다녀도 쿵쿵 울린다는 것. 이 장난꾸러기들 때문에 카운터에서 전화 올 것 같다.

저녁을 무얼 먹을까 고민하는데, 이런 고민은 이제 집사람에게 맡기면 된다. 아영이와 이런 저런 얘기를 하더니, 오부자 횟집에서 물회 먹자고 한다. 식당은 묵호항 근처에 있었고, 메뉴는 물회, 회덮밥에 어린이를 위한 미역국. 메뉴가 맘에 든다.

물회 3개에 미역국 3개 주문. 물회 양념이 과일을 많이 넣어 맛을 낸 듯. 특별하지는 않지만 깔끔하다. 내 입맛에는 좀 단 듯싶고. 그런데, 회가 싱싱하다. 그때그때 제철 회를 사용하는데 오늘은 손바닥만 한 방어를 썰어 물회를 만들어 낸다. 입구에서 사장님이 손님 받고 회 썰고, 양념 되어 있는 그릇에 회 얹어서 내고, 1인 3역은 하는 듯. 미역국이 예술이다. 어린이가 없어도 물회 먹으면서 함께 먹으면 소고기 미역국과는 다른 구수하고 시원한 맛이 일품이다. 원래 식당에 올 때 소주 한잔 할까 하는 생각이 있었는데, 이 식당에는 주류를 팔지 않는단다. 좋은 생각인 것 같다. 그래도, 올 사람은 오라는 사장님의 호기가 존경스럽다.

저녁을 먹고, 아준이는 빨리 호텔이 들어가잔다. 그런데, 엄마는 묵호항 야시장을 오면서 봤다고 구경하고 가잔다. 야시장 들렀다 가기로 하고, 차를 주차장에 세운다. 조그만 동네에 사람들이 엄청 많다. 어제 야시장을 오픈 했단다. 가수들 노래 부르고, 길거리 음식 팔고. 익숙한 야시장 풍경. 먹을 거 몇 개 사서 호텔에 들어왔다. 11시쯤에 결국 누군가 문을 두드린다. 아래층에서 왔다고, 너무 시끄럽다고, 그래서 조용조용 모드로 진입. 편의점에서 사 온, 맥주와 간단히 간식 먹고, 12시쯤 취침.

블라디보스토크 배에 오르다

10월 1일 일요일. 7시쯤 기상. 옆에 있는 해장국 집에서 아침을 먹고, 나는 먼저 짐을 챙겨 동해항으로 향했다. 8시 50분 동해항 DBS 사무실 도착. 바이크를 옆에 끌어다 놓으란다. 끌어다 놓고 기다렸다. 9시 15분 카니발도 도착. 9시 20분 서류에 서명. 뭐 별건 아니고, 이상 발생해도 책임지지 않는다는 그런 거였던 것 같고. 그리고 화물 운송비 결재. 96만 원. 그리고 다시 기다림. 10시 바이크 검사를 받고 배에 실어야 한단다. 바이크 타고, 보세 구역 안쪽으로 진입. 세관 검색대에 바이크에 있는 짐을 하나씩 올려야 한다. 다행히 GIVI 박스는 박스 채 분리가 되어서, 박스에 담긴 상태로 엑스레이 검색대 위에 올리면 된다. GIVI 박스가 가격이 좀 비싸서 그렇지, 정말 편하고 튼튼하다. 이탈리아가 이런 데 강점이 있는가? 바이크 모델마다, 브래킷 하나하나 내놓는 것 보면, 장인 정신이 느껴진다.

가지고 갈 짐을 배낭 하나에 따로 챙겨 놓고, 바이크 짐 검색 마친 후, 잠시 대기. 이제 브잉이를 배에 싣는다. 경사로를 올라 정차하라는 위치에 정차시킨다. 키는 그대로 바이크에 꽂아 놓고, 나는 다시 세관 검색대를 통과해서 밖으로 나온다. 11시부터 승선권 티켓팅이 시작되고, 1시까지는 와서 티켓팅을 해야 한단다. 벌써 많은 러시아 사람들이 와서 기다리고 있다. 아마 집에 가려고, 여기저기 타지에서 온 사람들이 많아 보인다.

12시 아영이가 막국수 먹고 싶다고 해서, 막국수 먹고, 다시 동해항으로……. 12시 45분 동해항 도착. 아직 티켓 줄이 길다. 한 30명 정도 기다리고 있는 듯. 그런데 한 명 한 명, 모두 뭐가 잘 안 되는 모양이다. 시간도 길게 걸리고, 줄이 줄지 않는다. 환전도 해야 하고……. 환전소가 있기에 얼마를 환전해야 할지 모르겠다. 일단 한 200만 원 해보려고 한다. 계획 같아선 울란우데까지 갔다가, 거기서 트럭을 불러 브잉이를 실어 보내고 우리는 기차를 타고 이동할 계획이다. 트럭 탁송료까지 생각하면 조금 많이 환전해야 할 것 같아서 은행 현금카드를 주니까 현금을 찾아와야 한단다. 현금인출기에서. 그런데 옆에 있는 현금 인출기의 최대 인출 금액이 30만 원이다. 7번을 인출해야 하고 그때마다 수수료 나가고……. 그건 아닌 것 같아서, 집사람에게 근처에 농협에 가서 인출을 해오라고 했다. 그걸 보고 환전소 직원이 계좌 이체를 해도 된다고. 하지만 나는 OTP 카드가 없어 안 되고, 집사람이 일단 자기 통장에서 이체를 해 준단다. 자기 통장에 200만 원이 있는 줄 어떻게 알았냐고 하면서……. 더 많은 거 아닐까? 살짝 의심이 되었지만. 200만 원 송금 하고, 러시아 돈 받았다. 87,000두블 정도 받은 듯. 동전은 아영이가 자기 달라고 해서 가져가고 지폐만 받았다. 두께는 한국 돈 100만 원 묶음 정도의 느낌.

정식으로 줄 서서 티켓팅 기다리고 있는데, 안에 있는 직원들이 일이 잘 안 되는지 투덜투덜……. 그러더니, 혹시 예약 하신 분 먼저 오란다. 그래서 바로 갔더니 먼저 해준다. 아준이와 함께 티켓 받고, 결재 하고……. 이제 정말 가기는 가는가 보다. 이제 가족들과는 빠이빠이 해야 하는 순간. 터미널 앞에서 사진 하나 찍고, 빠이빠이. 아윤이 아린이는 아빠 잘 갔다 오라고 손을 흔들고. 우리는 배를 타러 이동.

보안 검색, 세관 심사 통과 후 바로 배에 승선. 입구에서 방을 안내해 준다. 우리는 아무리 봐도 방 번호가 없는데, 이쪽으로 가라고 해서 갔더니, 티켓 밑에 작은 방 번호와 침대 번호가 있다. 1203-7, 1203-8. 우리 방은 총 8개의 침대가 있는 방이다. 2층 침대 형태로 되어 있고 전형적이 벙커 침대이다. 러시아 부부 2명 한국인 1명, 무슬림 1명(들어오자마자 자리를 펴고 기도를 한다. 그 기도하는 방향이 내 침대 방향이라 살짝 부담스럽다), 그리고, 국적을 알 수 없는 사람 2명, 그리고 우리 부자. 이렇게 8명이 한 방을 쓴다. 이 방은 2등석이라고 하니, 그래도 꽤 좋은 축에 드는 듯. 여기서 하룻밤을 지내야 한다. 내가 1층을 쓰기로 하고, 아준이가 2층을 쓰기로 했다. 처음에는 떨어지면 어떻게 하냐고 하더니 그냥 2층을 쓴단다.

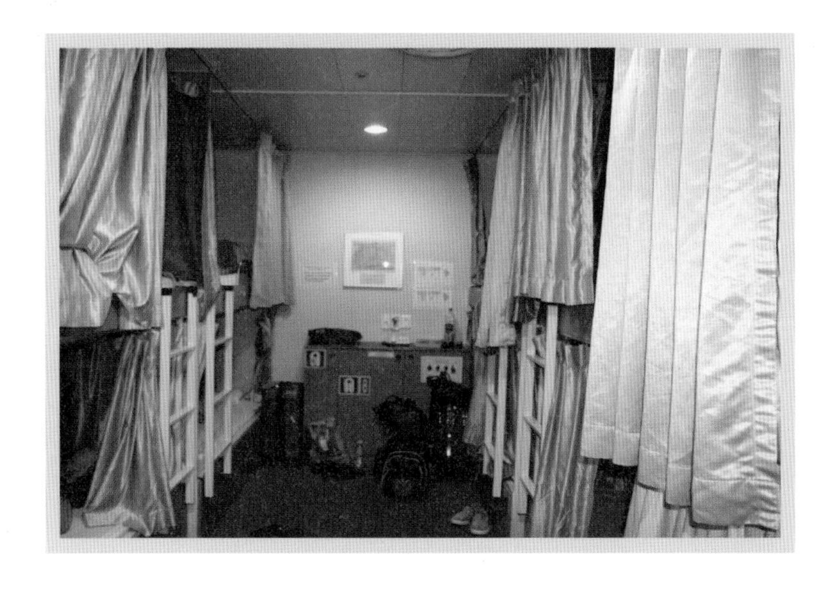

일단 자리를 잡고, 조금 쉰다. 배에서는 뭐 별로 특이한 일은 없다. 단체 관광객들이 많고 러시아 사람들도 많고, 배는 오래 된 듯. 2시 30분 출발. 살짝 잠이 들었나보다. 아준이가 잠을 깨운다. 배가 막 출발했단다. 3층 갑판 위에 올라가 보았다. 정말 느릿느릿 동해항을 빠져 나온다. 이렇게 가서 언제 다 갈까? 걱정이 앞선다.

아준이와 배 여기저기를 둘러본다. 매점이나 카페는 중앙 계단 근처에 몰려 있고, 나머지 침실들이 여기 저기. 그리고 식당은 1층 외부로 나가서 2층 앞쪽에 있다. 3층과 옥상 갑판에 올라가면 바다를 볼 수 있다. 설마 호화 크루즈 선을 기대하고 이 배를 탄 사람들은 없겠지? 나는 화물선을 기대하고 탔는데, 의외로 괜찮다. 좀 낡긴 했지만.

그런데 제원을 보면서 깜짝 놀랐다. 세월호와 크기가 비슷하다. 톤수는 이 배가 조금 더 크고…… 크기가 비슷한데 이 배는 정원이 530명, 세월호는 900명이다. 그건 객실을 어떻게 배치했느냐에 따라 달라질 수 있을 것 같고. 세월호와 같은 크기의 배를 타고 가다니……. 이 정도 크기면, 공해를 나와 러시아까지도 왔다 갔다 하는 배인데, 세월호는 도대체 왜 넘어갔을까? 그것도 연안에서…….

왔다 갔다 하다가 잠도 좀 잤다. 자리가 영 불편하긴 하다. 그래도 비행기 좌석에 비하면야……. 저녁은 6시쯤에 먹었다. 식권이 두 가지 종류가 있다. 빨간 식권과 노란 식권. 빨간 식권을 먼저 먹으라고 방송을 하고 한 30분 지나면 노란 식권 먹으라고 방송을 한다. 나는 바이크를 화물로 붙인다고 노란 식권 6장을 받았고, 아준이는 식권이 없어 선내 안내센터에서 구매했다. 저녁은 1만 원, 아침, 점심은 8천 원.

식당에는 거의 한국 사람들이 많다. 식단이 한식 위주여서이기도 하고, 좀 비싸서 그런 것 같기도 하고. 메뉴는 뷔페식인데 카레나 짜장밥 같은 일품 요리 위주로 그냥 그럭저럭 먹을 만하다. 웬만한 건 매점에서 팔고, 면세점도 있고, 커피나 맥주, 칵테일, 햄버거 등 먹을 수 있는 카페도 있다. 카페에서 1만 원짜리 마른안주 하나 시켜 먹어 본 결과, 맛은 보장할 수 없다.

10월 1일 오후 4시, 배 위에서

블라디보스토크에 도착한 날

10월 2일 목요일. 자다 깨다 자다 깨다 아침 6시까지 자고 나서, 또 아침. 아침 먹고 차 마시고, 돌아다니고 타이핑 좀 하고, 또 점심. 이제 블라디보스토크가 보인다. 블라디보스토크가 가까워지니 이제 로밍 통신사가 잡힌다. 집에 전화해서 도착 예정임을 보고했다.

이 시점에서 여행 계획에 대해 다시 한 번 되돌아보았다. 처음 계획은 앞에서 말했듯이, 모스크바까지 한 달에 가는 계획이다. 그 때는 집사람에게 나는 아준이와 바이크를 타고 가고, 집사람과 다른 아이들은 비행기로 모스크바에 와서 짠 하고 만나서 모스크바 관광하고, 페테르부르크도 구경하고 바이크는 화물차로 실어 보내고, 같이 시베리아 횡단 열차 타고 블라디보스토크 통해서 귀가하자고 제안했었다. 그래서 집사람이 쉽게 허락해 준 것인지도 모른다. 하지만, 그 계획은 불가능하다는 것을 깨닫고 다음 계획으로 바이칼 호수까지 10일 안에 갔다가, 바이크는 화물차로 실어 보내고 나는 다음날 귀국하는 계획을 세웠다. 그래서 그 계획으로 지금까지 계획을 진행시켜 온 것이다. 출발하는 날까지 나는 그렇게 계획하고 배에 올랐다.

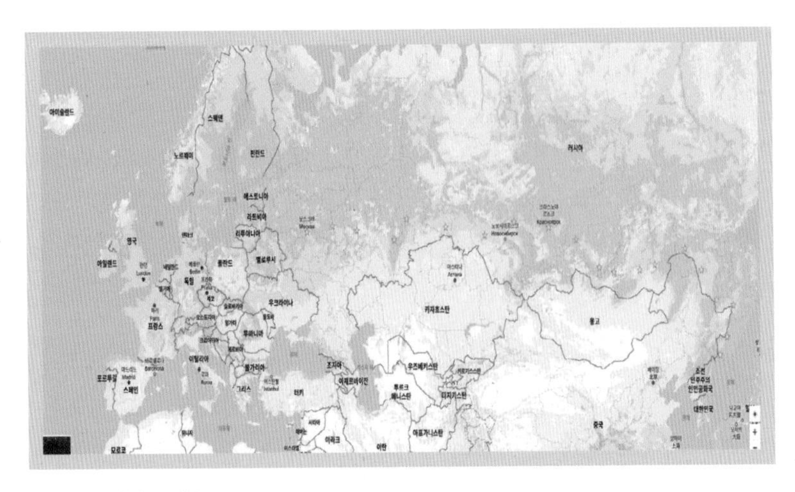

원래 계획했던 도시들

		From	To		거리	숙소	숙소 제안
		Vladivostok				Moryak Hotel	rusco
1	10월 03일	Vladivostok	Kirovsky	키롭스키	300	Parkovaya Hotel	motorcy-cletraveller
2	10월 04일	Kirovsky	Habarovsk	하바로프스크	420	Like Hotel	rusco
3	10월 05일	Habarovsk	Obluchye	오블루치예	440		
4	10월 06일	Obluchye	Shimanovsk		420		
5	10월 07일	Shimanovsk	Skovorodino		420		
6	10월 08일	Skovorodino	Chernyshevsk		640		
7	10월 09일	Chernyshevsk	Chita	치타	310	Montblanc Hotel	motorcy-cletraveller
8	10월 10일	Chita	Ulanude	울란우데	700	Travellers house	rusco
9							
10		Ulanude	Irkutsk	이르쿠츠크	490	Best house	rusco
11							
12		Irkutsk	Nizhneudinsk	니즈네우딘스크	450		
13		Nizhneudinsk	Krasnoyarsk	크라스노야르스크	550	Kiwi Hotel	motorcy-cletraveller
14		Krasnoyarsk	Tomsk	톰스크	580	8 floor hostel	motorcy-cletraveller
15		Tomsk	Barabinsk	바라빈스크	590		
16		Barabinsk	Ishim	이심	680		
17		Ishim	Yekaterinburg	예카테린부르크	650	Marins Park	rusco
18							
19		Yekaterinburg	Sim		490		
20		Sim	Kazan	카잔	653	kazantel hotel	rusco
21		Kazan	Derzhinsk	제르진스크	500		
22		Derzhinsk	Moscow	모스코바	400		

원래 계획했던 이동 경로

일요일 아침, 동해항에서 바이크를 먼저 배에 실어 놓고, 러시아 통관 대행사인 GBM 권사장님께 전화했다. 통관 비용도 물어보고, 7일간 울란우데까지 가서 바이칼 호수를 보고 바이크는 트럭에 실어 보낼 예정이니 트럭을 준비해 달라고 부탁하기 위해서…… 하지만, 전화를 7번 해도 통화가 되질 않는다. 아마 오늘이 일요일이라서 통화가 안 되나 싶었다. 블라디보스토크에 도착해서 전화해야지 하고 통화를 포기했다. 그때 전화 연결이 안 되길 정말 다행이다. 전화 통화가 되었으면 내가 얼마나 허황된 꿈을 꾸는지 들키고 말았을 것이다.

월요일 아침, 배에서 내리기 전 마지막 순간에 깨달은 것. 트럭은 과연 울란우데에서 하루에 올 수 있는가? 바이크도 7일간 가야 하는 거리인데, 트럭은 어떻게 하루에 올 수 있다고 생각한 거지? 그리고, 나는 기차를 타고 하루에 올 수 있을까? 작은 나라에 살아서다. 내 잘못이 아니고 내가 사는 나라가 작아서이다. 그 작은 나라가 남과 북으로 나누어져 있어서다. 한국은 어디를 가도 하루에 이동할 수 있다. 택배나 화물도 하루면 어디든 보낼 수 있다. 그래! 나라가 작은 게 문제다. 그래도 좀 바보 같기는 하다. 하지만 처음부터 이렇게 이성적으로 생각했으면, 지금 블라디보스토크행 배에 나의 몸과 아들의 몸과 브잉이를 실을 수 없었을 것이다. 지금이라도 깨달은 것이 다행인건지……. 계획을 수정해야 한다.

배의 데스크에 바이크를 싣고 왔다고 가지고 내려야 하는지 물었더니, 가지고 내리지는 않아도 되는데 통관 절차 때문에 먼저 내리게 해준다고 한다. 그리고 바이크에서 뭐 꺼낼 거 있냐고 묻는다. 나는 내일까지는 꺼내지 못할 거라고 생각했었는데, 안 그래도 아준이 외투가 없어 걱정이었는데, 옷 좀 꺼냈으면 좋겠다고 말했다. 그랬더니, 외국인 직원을 불러, 안내해준다. 2층 화물칸으로 진입해서 1층으로 내려갔는데, 일본 자동차가 가득하다. 아마, DBS 크루스가 블라디보스토크와 일본을 왕복하다보니, 일본에서 수입해서 러시아로 수출하는 일을 하고 있는 듯하다. 프리우스가 많이, 도요타, 마쯔다 등 중고차도 더러 보인다. 바이크에서 내 바람막이와 아준이 점퍼를 꺼내 돌아온다.

이제 바로 앞에 블라디보스토크 항구가 보인다.

내릴 준비를 마치고 나서, 2층 카페에서 기다리라고 해서 기다리고 있었다. 처음 2시 하선 예정이었는데 늦어져서 3시 50분 하선이라는 방송을 들었다. 3시쯤 되었는데, 배를 부두에 정박시키고 우선 하선자들을 먼저 후미 갑판을 통해 이동시킨다. 어떤 여행사 손님들이 제일 먼저 움직이고 우리도 함께 움직였다. 배에서 하선 후, 보안 검색 통과 후, 입국심사대(Passport Control) 앞에 섰다. 뭐 그렇게 확인할 게 많은지……. 지금껏 여러 나라를 다녀 봤지만, 제일 시간이 오래 걸린 듯. 한두 개 사인하라고 하고, 아준이 얼굴도 비교해 보고, 5분 이상 걸려 통과시켜준다.

그렇게 입국장으로 나왔더니 웬 키 큰 젊은 남자가 내 이름을 들고 서 있다. 자기를 안톤이라고 소개하면서, GBM 직원이란다. 그러더니 항구 의자에 앉아 몇 개, 아니 한 10장 되는 서류에 서명을 하란다. 그저 미리 정해진 위치에 서명하고 나니까, 통관은 내일 아침 진행하고, 통관 비용은 8,000루블이라고 하면서 내일 아침 9시 30분까지 GBM 사무실로 오라고 하면서, 사무실 주소와 자기 전화번호가 있는 종이를 내민다.

인사하고 헤어지고 나서 예약한 호텔로 향한다. 아고다라는 호텔 앱을 통해서 예약했는데, 항구에서 가까워서 다행이다. 걸어서 10분 정도. 드디어 호텔 발견.

'모르약'이라고 호텔 이름이 있고, 카운터에서 예약 확인하고, 수속하고 방으로 들어갔다. 호텔 비용은 3,400루블 정도 냈던 것 같다. 우리 돈으로 64,000원 정도. 별 3개짜리 치고는 비싸지 않은 편. 영어가 그럭저럭 잘 통한다. 재밌는 건 1,000루블의 보증금을 내야 한단다. 아마 방 내부 기기 파손 등을 대비해 받아 두는 것 같다. 체크아웃 하면서 돌려받았다.

모르약 호텔

싱글 침대 2개 있는 방이었는데, 전체적으로 아늑하고, 큰 길가가 아니라서 조용하다. 침구는 깨끗한 편. 약간 냄새는 나지만, 그건 환기 시스템 때문에 어쩔 수 없는 것 같다. 여기서, 해외든 국내든 숙박업소를 이용하면서 제일 마음에 들지 않는 점이 환기 시스템이다. 보통 화장실을 통한 환기 시스템이 전체적으로 연결되어 있는데, 이 환기구를 통해 담배 냄새 등 좋지 않은 냄새들이 들어온다. 심지어는 환풍기를 계속 켜두어도 냄새가 들어온다. 이 문제를 개선할 수 없을까? 그냥 창문을 통해 자연 환기를 시키든지, 각 방 별로 별도의 환기 시스템을 구축하는 것이 좋을 듯한데……. 그저 숙박업소를 많이 이용해 본 사람으로서 제안이다.

그리고 모르약 호텔은 엘리베이터가 없다. 5층이 방이었는데 걸어 다녀야 했다. 전체적으로 중국 사람들이 많이 이용하는 듯. 일단 호텔에 들어가서 샤워를 하고 4시쯤 나왔다. 아준이에게 뭐를 먹고 싶냐고, 블라디보스토크 여행자의 블로그 중 맛집을 정리해 둔 걸 보여주니까, 'Dab Drink And Burger'에서 햄버거를 먹고 싶단다. 아르바트 거리에서 항구 쪽으로 돌아 나오면 있는데, 호텔에서는 5분 거리이다.

크지는 않은데 내부 인테리어도 좋고, 직원들이 굉장히 많다. 보통 이 정도 규모의 식당은 2~3명이 서빙을 하는데, 이 식당은 10명 이상인 듯. 젊고 활기 있는 직원들이 많다.

식당은 거의 발 디딜 틈이 없고, 한국 사람들도 몇몇 테이블에 보인다. 아까 같이 배를 타고 온 사람들일지도 모른다. 아준이와 자리를 잡고 앉아, 아준이는 보통 햄버거에 콜라, 나는 연어 햄버거에 밀러 1병을 주문한다. 1,050루블. 21,000원 정도.

맛있다. 국내 햄버거와는 비교할 수 없다. 물론 미국 가서 휴스턴 박물관의 지하 식당에서 먹은 20,000원 넘는 햄버거와는 비교할 수 없지만, 나는 햄버거도 그렇게 고급스러울 수 있다는 걸 처음 알았다. 스테이크 고기 따로에, 빵 따로에, 야채는 뷔페식으로 가져다 먹고……. 그런데 이 집 햄버거는 이렇게 만들어져 나오는 햄버거 치고는 상당히 괜찮다. 빵도 맛있고, 내가 먹은 것은 연어를 한 번 튀겨서 만든 것인데, 속살과 튀김옷의 조화가 환상이다.

햄버거 이름은 잘 생각 안 남.

다음에 또 와야겠다. 시간은 주문할 때 25분 걸린다고 들었는데, 실제 한 15분 만에 나온 것 같다.

햄버거를 먹으니 배가 부르다. 보통 때의 한 끼 식사보다 양이 많다. 5시쯤 되서 아준이랑, 해양 공원 쪽으로 발길을 옮겼다. 날씨가 추워져서 그런지 왠지 을씨년스럽다. 러시아 사람들이 제일 많이 보이고, 다음으로 중국 사람들, 그 다음으로 한국인들이 많이 보인다. 아마 연휴를 이용해서 가족끼리 해외여행 온 사람들이 많은 것 같다. 호텔 등을 보면 보통 중국어로는 여러 안내문이 붙어 있는데, 한국어로는 없다. 아마 평소에는 한국인 관광객이 그다지 많지 않은 것 같다. 오늘은 특별한 케이스로 연휴가 있어 한국인이 많이 보이는 듯. 해양 공원은 북쪽과 남쪽을 다 돌았다. 그냥 바다 구경하고, 길거리 음식 팔고, 중간 중간 아이들 놀이기구 있고, 그 정도. 별로 특별한 것은 없다.

해양공원 곰새우 / 해양공원 킹크랩

아니다. 있다. 한국 사람들이 좋아하는 해산물 가게가 있다. 해산물 가게는 북쪽과 남쪽에 한 군데씩 있는데, 파는 메뉴는 비슷하다. 대게와 새우를 판다. 살아있는 애들을 파는 건 아니고 냉동되어 있는 애들을 판다.

가격이 상당하다. 보통 여기서 사면, 전자레인지에 한 5분 돌려 준다. 그러면 완전 뜨겁게 되지는 않아도 먹을 만하게 된다. 여기서 드는 의문. 그러면, 파는 애들은 훈제된 거란 말인가? 아마 그런 것 같다. 아무튼 많은 사람들이 여기서 킹크랩과 제일 왼쪽에 보이는 곰새우를 사서, 그 앞에 있는 테이블에 앉아 먹는다는 것이다. 이것도 9월달까지만 가능한 것 같다. 10월 2일에 그 풍경을 보았더니 너무 추워 보인다. 물론 한 낮이면 괜찮겠지, 거의 20도 가까이 올라가니까. 하지만 6시 다 되어서 먹는 사람들 보니 추워 보인다.

우리도 대게 1,300루블짜리 반쪽과 곰새우 500그램을 샀다. 가격표가 1kg 단위로 매겨 있어서, "half kilo gram."이라고 했더니, 주인아줌마가 "오백?" 하고 되묻는다. 괜히 뻘쭘하다. 그런데, 뒤에서 얘기를 듣던 한국 여자애들 두 명이 "하프라고 하는 거 들었어. 오백 그램씩도 파나봐." 하고 말해서 더 뻘쭘해졌다. 아무튼, 한 7분 기다려, 비닐봉지에 담긴 해산물을 건네받았다. 거의 5만 원 돈이니 너무 비싼 듯싶다.

호텔에 와서 먹을 준비를 한다. 꺼내 놨더니 아래의 모양…….

아준이가 맛있단다. 아준이가 맛있다고 하면 맛있는 거다. 우리 집에서는 그렇게 통한다. 아준이 입맛이 좀 까다로워서. 곰새우의 식감은 좀 단단하고 쫀득쫀득한 맛이 있고, 대게는 조금 부드럽다. 맛은 뭐 비슷하다. 녹동에 사는 나에게는, 갓 잡은 생 꽃게의 맛에 비길 수가 없다. 아니면, 살이 꽉 찬 털게의 고소하고 부드러운 맛에 비길 수도 없다.

한번은 울산 출장 갔다가 바닷가에 가서 킹크랩을 먹은 적이 있다. 한 마리를 가지고 네 명이 먹었는데, 20만 원이 더 나왔던 것 같다. 먹고 나서 후회했다. 여기의 킹크랩은 한국 식당에서 팔리는 대게에 비하면 저렴하다고 할 수 있지만, 그다지 꼭 먹어봐야 할 음식이라고 여겨지지는 않는다. 차라리 살아 있는 꽃게에서 꽃게 살을 분리해서 하는 꽃게 볶음밥을 먹어 보면, 꽃게가 얼마나 맛있는 게인지 알 수 있다. 집사람이 한번 해 주고 나서, 힘들어서 다시는 안 하겠다고 해서 나도 한 번밖에 먹어보지 못했다.

태국에 출장 갔을 때, 아영이를 한번 데리고 간 적이 있었다. 라용 바닷가 쪽으로 가서 해산물 식당에서 국방색으로 생긴 손바닥보다 훨씬 더 큰 게를 먹어 보았는데, 그때 든 생각도 꽃게가 맛있다는 거였다.

정말 살아 있는 꽃게는 맛있다. 무얼 해도 맛있다. 회로 먹어도 맛있고, 쪄 먹어도 맛있고, 탕을 끓여도 맛있다. 털게도 맛있는데, 털게는 철을 가린다. 꽃게는 언제 먹어도 맛이 괜찮지만, 털게는 정말 맛있을 때는 꽃게를 능가하지만, 보통은 훨씬 맛이 덜하다. 맛이 없다는 말은 아니다. 꽃게에 비해 덜하다는 말.

아무튼 호텔에서 실컷 먹었다. 호텔에 민폐 안 끼치려고 엄청 노력하면서 국물 하나 떨어뜨리지 않고, 더 이상 먹기 힘들 때까지 먹었다. 두 명이 먹기에 많은 분량이다. 이제 죽을 때까지 곰새우와 킹크랩은 안 먹어도 되겠다.

바이크 통관과 여행의 시작

이제 10월 3일 화요일. 아침에 일어나, 조식을 먹었다. 베이컨 계란 프라이, 빵 2쪽, 무슨 딤섬 같은 거 하나, 이렇게 해서 얼만지 기억은 잘 안 나는데, 양이 많아서 하나만 시켜서 아준이랑 먹었어도 되었겠다 하고 후회했다. 하지만, 여행 나와서 한끼 한끼는 열심히 먹어야 한다. 다음 식사는 언제 할지 모르니까.

아침 9시 GBM 사무실 도착. 걸어서 15분 거리. 간판이 없어서 한참 헤맸다. 건물을 찾고 사무실 어디냐고 물으러 들어갔더니, 그 안쪽 다른 사무실에 있던 안톤이 아는 체를 한다. 한두 가지 서류에 더 서명했다.

옆에 있던 직원이 보험 관련해서 몇 가지 물어보고 아준이를 보더니 안전벨트 같은 장비가 있냐고 묻더군. 없다고 했더니, 경찰에 의해 제재를 당할 수 있다나 어쩐다나……. 그래서 어디서 사냐고 물었더니 자기는 잘 모른다. 그런데 바이크에도 안전벨트가 있나?

처음 듣는 소린데…….

안톤 하고 세관 사무실로 출발. 15분 걸었다. 가면서 항구 옆의 보세 물품 쌓아두는 건물에 세워진 브잉이를 보았다. 나를 그리워하고 있더군. 10시부터 안톤이 이쪽저쪽 사무실을 왔다 갔다 한다. 나도 부르더니 이리저리 사진과 비교해 보았다.

안톤이 공무원들을 대하는 태도를 보니 한국보다 더 갑을 관계가 확실한 것 같다. 모자를 벗고 들어가는 것은 기본이고, 서류 제출하고 문 밖에 서 있다가, "안톤!" 하고 이름을 부르면, 아주 공손하게 대답을 하고 문을 열고 들어간다. 다 필요에 따라 자기 일을 하고 있을 뿐인데, 왜 이 사회는 자리에 따라 사람의 대접도 달라지는 걸까? 알 수가 없다.

11시 드디어 세관 업무 완료. 종이 한 장을 받았다. 다음은 보험 사무실에 가야 한단다. 그래서 택시를 불렀다고……. 그런데, 조금 있다가 보험 사무실에서 전화를 받았는데, 1시에 업무가 시작한다고 1시에 가야 한단다. 이건 뭐지? 그리고 나한테 숙소에 가서 있다가, 1시에 자기 사무실로 오란다. 벌써 체크아웃 했는데? 얘는 여행도 안 다녀본 것 같다.

알았다고 대답하고 평소에 찾아보고 싶었던 곳 들렀다가, 안톤 사무실에 데려다 준 택시기사를 다시 불러서 안톤 사무실로 갔다. 점심 먹을 시간이 없어서 식료품점에서 우유 2개와 손바닥만 한 바게트 1개 샀다. 5,000원쯤 주었으니까 그렇게 보면 식료품 값은 꽤 비싼 듯.

이번에는 보험 사무실로 버스를 타고 가야 한단다. 버스 타고 21루블을 냈다. 여기는 모든 버스요금이 21루블이다. 우리 돈 420원으로, 저렴하다. 15분 버스 타고, 보험 사무실 도착. 30분 걸려서 보험가입문서를 작성. 보험증을 받아, 다시 버스 타고 블라디보스토크 항구로. 2시. 세관 사무실에 1,400루블 내고, 드디어 바이크 출고 가능 상태. 보세 창고 가서 바이크 인출. 안톤에게 통관 비용 8,000루블 지급.

아, 어렵고 돈도 많이 들어간다. 그리고 여기서 또 한 가지. 다음 주에 귀국한다고 했더니 월요일 오전 10시까지 사무실로 오란다. 이런, 바이크 탈 수 있는 날이 이틀이나 줄었다. 나는 수요일 출국이니까, 수요일 아침에 사무실로 가면 된다고 생각하고 있었다. 그런데 월요일 오전 10시라니……. 그러면 오늘부터 탄다고 해도 화수목금토일, 6일이다. 미리 6일밖에 탈 수 없다는 걸 알았으면 안 왔겠지? 미리 몰랐던 게 다행일까? 그 질문에 대한 답은 이제부터 만들어 가야겠지.

2시 15분쯤 바이크 인출하고, 안톤이랑 빠이빠이 하고, 바이크 항구터미널 옆에 세워놓고, 화장실 갔다가 왔더니 2시 30분. 아참, 여기는 화장실 돈 내야 한다. 15루블 정도.

이제 드디어 러시아에서 바이크 출발이다. 블라디보스토크 시내에서의 바이크는 죽음이다. 차들이 가다 서다를 너무 자주 반복하고, 배기가스가 장난이 아니다. 한국에서 옛날에 썼던 버스들이 많이 보인다. 대우, 현대……. 보험 사무실에서 항구로 오는 버스에는 심지어 광고판에 부산닷컴 광고가 붙어 있다. 그런 거나 좀 떼고 운행하지……. 아준이가 왜 그러냐고 해서, 이유 설명. 한국에서는 환경 규제 때문에 운행하지 못하는 오래된 버스들을 여기에 수출해서 운행하고 있다고. 여기서는 왜 환경 규제를 안 하냐고 묻는다. 대답하기 곤란하다. 나라의 GDP 부터 여러 가지를 설명해야 할 것 같다. 여기서도 앞으로는 할 거라고, 하지만, 하루아침에 되는 일이 아니라고, 10년이나 이렇게 긴 시간을 잡아 시행해야 한다고 대답한다. 이해는 잘 못하는 듯.

여기의 교통상황에 관해 특이한 점. 보통 한국은 자동차가 우측통행이다. 그래서 운전석은 좌측에 있다. 하지만 일본은 좌측통행이다. 그래서 운전석인 우측에 있다. 몇 년 전, 후쿠오카에 가서 렌트했을 때, 좌측통행을 하려니, 차선이 적응이 안 되어 고생했었다. 그런데, 블라디보스토크는 우측통행이기는 하지만, 운전석은 오른쪽인 차들이 많다. 일본에서 수입한 중고차들이 많아서 그런 것 같다. 그러니까, 운전석 방향이 왼쪽인 차들과 오른쪽인 차들이 섞여 있다. 우측통행이면 운전석이 좌측에 있어야 한다는 지금까지의 상식이 무너진다.

원래 계획대로라면 블라디보스토크에서 하루에 키롭스키까지 가야 한다. 일반적이 모터사이클 여행객들이 하루에 움직이는 거리다. 거리는 300km 정도. 하지만 우리는 2시 30분에 출발했다. 키롭스키까지는 무리다. 일단 내비를 우수리스크로 잡는다. 여기까지는 100km 정도. 아! 이번에 오기 위해 무료 내비를 다운 받았다. 지금 쓰는 것은 '오스먼드(OsmAnd)'. 길도 잘 알려주고, 괜찮다. 구글 내비는 괜찮기는 한데, 인터넷이 끊어지면, 당황스럽다. 오스먼드는 미리 해당 지역의 지도를 다운 받아 놓는 방식이어서 인터넷이 끊어져도 잘 작동한다.

블라디보스토크 시내를 통과하는 데만, 40분 이상 소요. 가다 서다 반복하고, 매연이 심해 너무 힘들다. 항구에서 간단한 복장으로 출발해, 마스크도 하지 않아 그대로 배기가스에 노출된다. 출발할 때 온도는 20도. 온도는 괜찮다.

도시를 벗어나니 이제 바람이 문제다. A-370 도로에 있는 엄청 긴 다리를 지날 때부터 북서쪽에서 불어오는 바람 때문에 정신을 차릴 수가 없다. 바이크가 휘청일 정도의 바람이다.

다리 지나고 나서 더 이상 이렇게는 갈 수 없을 거라는 생각에 길가의 휴게소를 찾는다. 한국처럼 고속도로 휴게소가 있는 게 아니라 군데군데, 주유소와 카페가 있다. 어딘지는 잘 모르지만 3시 30분쯤, 길가 카페에 멈췄다. 일단, 바람과 추위에 지친 몸을 따뜻한 커피로 녹이고 싶었다.

이 동네 카페 분위기는 한국의 식당 분위기 정도. 보통 차를 마시는 사람은 별로 없고 식사를 하는 사람들이 대부분이다. 나는 커피, 아준이는 차를 시켰는데, 계피차밖에 없다 해서 그냥 달라고 했다. 커피가 별로 맛이 없다. 그래도 따뜻한 음료가 좋다.

따뜻한 음료로 정신을 차리고 다시 출발. 이번에는 복장을 좀 갖추었다. 휴게소 한편에서 내복으로 갈아입고, 바이크 바지하고, 워

머를 착용했다. 상의는 그대로 가죽점퍼. 아준이는 아예 스키복을 꺼내 주었다. 스키복 상, 하의에 두건까지 둘러 씌웠다. 그리고 장갑도 꺼내주었다.

바이크 복장

내비에서 경로를 보니 우스리스크까지 65km 정도 남아서, 오늘은 좀 더 가야겠다 싶어, 스파스크달니까지 경로를 잡았다. 보통 여행객들이 잘 쉬지 않는 도시인데, 그래도 여기까지는 가야 하지 않을까? 하고 아준이와 합의를 보았다. 여기까지는 180km 정도 되었던 듯.

준비하고 4시쯤 출발. 역시 시베리아는 광활하다. 주위를 둘러보아도 벌판뿐 아무 것도 없다. 정말 가도 가도 황량한 관목 숲과, 갈대밭과 그런 것들만 펼쳐져 있다. 그 외에는 아무 것도 없다.

그리고 바람이 너무 세다. 온몸을 때린다. 게다가 중간 중간에 지형에 따라 바람이 더 세차게 훅 하고 앞에서 때린다. 바이크가 휘청 하는 순간이 자주 발생한다. 잠시라도 긴장을 늦출 수가 없다. 왜 여행용 바이크는 cc가 커야 한다고 하는지 깨달았다. 한국에서는 전혀 필요가 없을 것 같은데, 시베리아의 바람을 이겨내기 위해서는 무게와 힘이 필요하다. 내 브잉이도 살짝 가벼운 느낌. 내가 몸무게가 적게 나가서 그러나? 살을 찌워야 하나?

갑자기 달리는 이유에 대해 생각해 본다. 무엇을 위해 달리는가? 나는 무엇을 위해 이 길을 왔는가? 답은 모르겠다. 그냥 하고 싶으니까. 그리고 나름대로 이유를 둘러 대겠지. 사람은 늘 자기 정당화를 하는 동물이니까.

우수리스크 가기 전에 바이크를 한 번 더 세웠다. 소변이 마렵기도 했고, 더 심해지는 바람과 낮아지는 온도에 뭔가 대비를 해야 했다. 카페를 찾을 수 없어, 길가에 세워 놓고, 아래로 내려가 소변도 보고, 점퍼를 스키 점퍼로 갈아입었다. 기온은 15도로 떨어진다. 한참 옷 입고 작업하고 있으니까, 웬 승용차가 멈춰 선다. 젊은 러시아 사람들이 차 문을 내리더니, 뭐라 뭐라 한다. 아마 무슨 문제가 있냐고 얘기하는 듯싶다. 아무 문제없다고, 괜찮다고 하고 사람들을 보낸다. 친절한 사람들이다.

길가에 세우고 아준이에게 스키복을 입혔다.

아준이에게 스키복을 입히고 다시 출발. 온도가 점점 내려간다. 스파스크달니에 들어서는 순간 시간은 6시 30분, 기온은 10도로 떨어졌다. 날도 이제 어두워졌다. 이제 호텔을 찾아야 한다. 일단 시내를 돌아보았다. 하지만, 어디가 시내인지 모르겠다. 그냥 외곽만 한 20분 정도 돈 것 같다.

다시 브잉이를 세웠다. 내비로 기차역 쪽으로 목적지를 찍었다. 15km나 가야 한단다. 다시 출발. 기차역 주변 광장에 도착했다. 이미 시간은 7시. 어둡고 춥다. 오늘 한 가지 느낀 것은 사람 사는 도시를 만나는 것이 반갑다. 그리고 사람을 만나는 것이 반갑다. 그래서 러시아 사람들이 친절한 걸까?

바이크 세워놓고 지나가는 한 커플에게 호텔이 어디냐고 물었더니, 밑으로 조금만 내려가면 뭐가 있단다. 호텔이 있다는 건지, 광장이 있다는 건지……. 아무튼 내려가 보기로 한다.

한국은 숙박업소면 모두 호텔이나 모텔이라고 적혀 있어 찾는데 전혀 어려움이 없다. 게다가, 위에 거대한 네온사인이 붙어 있어, 1km 밖에서도 찾을 수 있다. 참 여행자들에게 편한 나라다. 그런데, 러시아는 밖에서 보면 여기가 뭐 하는 곳인지 알 수가 없다. 거의 모든 상점들이 마찬가지다. 간판도 작고, 안도 잘 보이지 않는다. 여기가 장사를 하는 집인지 아닌지도 알 수가 없다.

그 커플이 알려준 대로 내려가 보니 마을 중앙 광장 같은 곳이 나오고, 젊은 애들 몇몇이 모여 있다. 그 친구들에게 다가가, 주위에 호텔이 있는지 영어로 묻는다. 아무도 영어를 알아듣지 못한다.

한 고등학생쯤 되어 보이는데 5~6명이 모여 있다. 영어와 같은 문자를 쓰고(일부 다른 글자도 몇몇 있지만), 어순도 비슷한데 영어를 이렇게까지 모르는 게 신기하다. 아마 정책적인 것 같다. 미국과 대등한 강국이라고 경쟁해 오면서 러시아라는 나라의 자신감으로 영어 교육을 강조하지 않은 탓이 아닐지…….

영어를 모른다고 물러설 수 없다. 구글 번역기를 꺼내서, 호텔을 찾아 보여주니까 "오떼루"를 외치면서 저기라고 가르쳐준다. 호텔이나 오떼루나……. 구글 번역기를 찾는 동안 5명의 아이들이 내 주위를 둘러싸고, 몸도 가까이 붙이면서, 스마트폰 화면이 뷰티플하다는 둥, "What's your name"을 묻고, "니 하오"를 묻고 난리가 났다.

한 남자애는 여자애 외투 속에 손을 집어넣고 끌어안고 시시덕거린다. 아마 어느 동네에나 있는 불량 학생들인 듯. 그런데 불량한지 아닌지는 누구의 기준이지? 그 아이들이 호텔을 알려주니까 아준이가 고맙단다. 그런 불량하지만 친절한 학생들이 있어 주어서 고맙다.

드디어 호텔에 진입. 그런데 난관 봉착. 우리 얼굴을 보는 순간 카운터 50대 아줌마가 "No!"라고 외친다. 벽에 부딪친 느낌. 큰일이다. 여기까지 어렵게 호텔을 찾아왔는데, 이렇게 포기할 수는 없다.

그래서 아주 친절한 표정으로 하루 자고 가고 싶다고 이야기 했다. 아줌마는 짜증나는 투로 러시아어로 뭐라 뭐라 하더니, 뭐를 막 찾는다. 그러면서 종이 한 장을 내민다. 그건 러시아어와 영어가 병기된 기본 생활 영어 표다. 그러면서 "What's the matter with you"를 손으로 가리킨다. 문제가 뭐냐고? 지금까지 그렇게 설명했구먼.

그래서 다시 한 번 손짓으로 잠자는 시늉까지 해가면서 설명한다. 아주 불쌍한 얼굴로 쳐다보고 있는 아준이가 고맙다. 하지만 아줌마의 한마디. "No, Room!"

이쯤하면 포기해야 하나? 아니다. 나는 아빠니까 그럴 수 없다. 그래서 주위의 다른 호텔이 있냐고 묻는다. 아줌마는 이해했다는 듯 종이에 끄적끄적 뭐를 적어준다. 아마 호텔 이름과 전화번호인 듯싶다. 그걸 가지고 내가 어떻게 찾냐고? 그래서 구글 지도를 주면서 좀 찾아달라고 했다. 그랬더니 이제부터 진지해진다.

열심히 들여다 보더니 못 찾겠다는 표정을 짓고 나서, 자기 컴퓨터를 켜고 컴퓨터 화면과 구글 지도를 비교해 가면서, 한 5분 만에 다시 스마트폰을 내민다. 여기라고 하면서. 표시된 곳에는 한글로 '식료품점'이라고 쓰여 있다. 아무튼 무지 고맙다.

다시 역 앞으로 돌아와서 브잉이 출발. 아까의 전혀 안 불량한 불량 청소년들은 보이지 않는다. 이번에는 구글 지도에서 바로 네비게이션을 실행한다. 9km나 가야 한다. 알려 준 장소에 도착하니 정말 식료품점이 있었다. 아준이가 빨리 들어가서 물어보란다. 아줌마 셋이 있는데 물론 영어는 안 된다. 나도 메모된 이름을 보여주면서, "오떼루"를 외쳤더니, 세 아줌마들이 서로 우리가 지나온 방향을 가리키며 2~3분 걸린단다. 땡큐를 외치고 다시 출발.

지나면서 어렴풋이 본 것 같은데, 여기는 정말 'Hotel'이라고 간판을 걸어 놨다.

카운터에 계신 30대 아주머니. 직접 방을 보여준다. 작은 침대 하나가 있는 방을 보여 주며 이 방을 2개 쓰란다. 나는 아니라고 이 방 하나면 충분하다고 설명한다. 그랬더니, 너무 좁아서 안 된다고 2개를 써야 한단다. 그러더니 다른 방을 보여 준다고 따라오란다. 와! 진짜 넓고 좋은 방. 무조건 "OK!"를 외쳤다.

이렇게 우리의 숙소는 해결되었다. 이 아주머니는 영어를 하나도 못하고, 나는 러시아어를 하나도 못하는데 의사소통에 지장이 없다. 신기하다.

아준이가 하는 말이 재밌다. 호텔 구하게 해달라고 21번이나 기도를 했단다. 아준이의 기도 덕분에 호텔을 구할 수 있었을까? 아무튼 너무 좋다. 사람이 이렇게 달라진다. 조금 전 오늘밤 어디서 잘지 기약이 없을 때는 한없이 작고 초라해졌다가 이렇게 좋은 숙소를 구하고 나니 모든 게 만족스럽다.

넓은 방, 깨끗한 침구, 환기가 잘 되어 냄새도 없다. 간만에 만나는 좋은 숙소이다. 혹시 다음에 이 길을 지날 기회가 있으면, 아래 호텔 정보 참조해 보시길 추천한다. 아! 우리가 사용한 더블 침대가 있는 큰 방의 가격은 3,000루블. 6만 원 정도니까, 가격도 괜찮은 듯. 아래 사진에서 왼쪽은 첫 번째 무뚝뚝하지만 친절한 아줌마가 적어준 종이, 오른쪽은 호텔 카페 명함인데, 호텔과 카페를 같이하니까 찾기에는 무리가 없을 듯. 배경은 호텔 게스트 북.

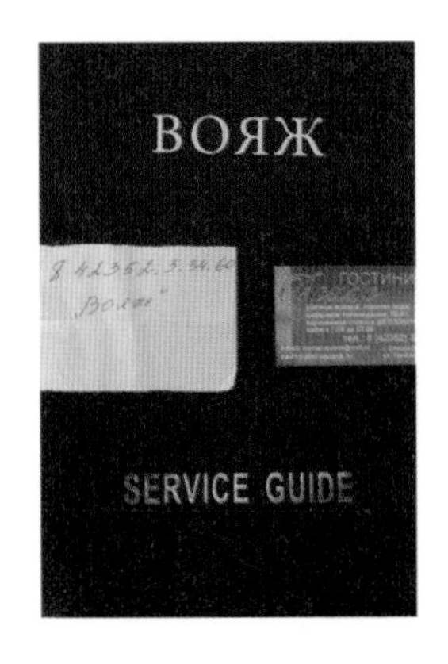

이 호텔 이름을 한국식으로 읽으면 R 거꾸로 된 게 "야" 발음이 나고, 제일 마지막 X 자에 가운데 선 그어놓은 글자가 "즈" 발음이 아니까, "보야즈" 정도 될까? 이 호텔의 장점은 하나 더 있다. 카페 음식이 괜찮다.

8시쯤 도착해 짐 풀고, 카페에 내려가니까 8시 반 정도. 손님들 아무도 없다. 20대 아가씨가 서빙을 본다. 검은 머리에 키는 크지 않지만 러시아 여인의 도도한 눈빛은 살아 있다. 심지어 영어 메뉴판까지 준비되어 있다. 일반적이라고 생각할지 모르지만, 러시아 식당에서 영어 메뉴판 없는 집이 많다.

스테이크 하나 하고 닭고기 버섯볶음 하나, 밥 하나, 아뚜아 맥주 하나, 콜라를 달랬더니 콜라는 없다고 하면서 웬 주스 병을 두 개 가지고 와서 막 설명을 한다. 포도 주스와 사과 주스 중 어느 걸 먹겠냐고 해서, 아준이는 포도 주스 선택. 음식이 우리 입

맛에 딱 맞는다. 모처럼 맛있는 저녁 식사. 스테이크는 닭볶음 먹은 뒤에 따로 시켜서 우리 때문에 퇴근 못하는 것 같아 미안하기는 했지만, 조금 뒤 러시아 남자들 둘이 와서 미안한 마음도 벗어 버렸다. 저녁 식사비용은 1,000루블 정도였던 듯. 이렇게 이 날은 아준이의 기도 덕분에 호텔도 잡고 저녁도 잘 먹었다.

스파스크달니-하바롭스크

10월 4일 수요일이다. 구글에서 알려준 스파스크달니의 최저 기온은 3도. 예상 최고 기온은 15도이다. 10도 이하에서 바이크 타기는 좀 힘들다. 먼저 손이 춥고, 다음은 다리가 춥고, 그 다음은 머리가 춥다. 헬멧을 풀 페이스를 사려고 했는데, 광주의 바이크 삽에 있는 풀페이스 헬멧을 다 써 봐도 너무 작다. 그래서 할 수 없이 오픈 헬멧을 샀다. 머리가 커서 고생이다. 이래서 얼굴이 작아야 한다고 사람들이 하나 보다. 아무튼, 풀 페이스면 보온력도 조금 더 있을 텐데 하는 쓸데없는 생각도 해본다.

이런 날씨에는 너무 일찍 출발할 수 없다. 8시에 아침을 먹고, 아침 주문은 좀 잘못한 듯. 어제의 그 카페에 가서 먹었는데, 아침 메뉴가 따로 있어서 어제의 그 도도한 눈빛을 가진 아가씨에게 메뉴판에서 대충 주문을 한다. 계란 프라이 2개, 무슨 쌀을 치즈와 같이 끓인 죽 같은 거, 빵 하나 이렇게 아침으로 먹고, 좀 부족한 듯싶어 계산할 때, 카운터에 있는 빵 2개를 가지고 와서 방에서 먹음. 빵이 맛있다. 배도 부르다.

9시 15분 출발. 아준이와 결정한 오늘의 목적지는 하바롭스크까지 이다. 너무 멀다고 했더니, 거기가 큰 도시라고 거기 가면 호텔 구할 수 있다고 거기까지 가자고 한다. 어제, 미리 호텔 예약하자는 걸, 오늘 어디까지 가게 될지 모르니까 일단 가 보자고 했더니, 무조건 하바롭스크까지 가잔다. 어제 방 잡으면서 너무 고생을 시켜서 그런가? 일단 출발. 출발할 때 기온은 영상 7도. 춥다. 바이크를 타면서 정해 놓은 2가지 원칙. 1시간이 지나면 무조건 처음 보이는 카페에 들어가 쉰다. 기름이 2칸이 남으면 제일 처음 나오는 주유소에서 주유한다.

참, 주유하는 방법. 처음 블라디보스토크에서 출발해서 어떻게 주유하는지 몰라서 애를 먹었다. 한국처럼 주유소 직원이 어서 오세요 하고 인사하지 않는다. 그렇다고 무인 셀프 주유기도 아니다. 일단 주유소에 들어가면, 주유기 앞에 차를 세운다. 그런데 기름 종류가 있다. 89, 92, 95, 98 뭐 이런 숫자들이 주유기 앞에 쓰여 있다. 아마 휘발유 옥탄가인 듯싶다. 그리고 숫자가 높아질수록 가격이 비싸다.

차를 세우고, 원하는 유종의 주유기를 뽑아 주유구에 꽂는다. 사무실 쪽으로 가면, 사무실은 들어갈 수 없고 안에 직원이 앉아 있고, 교도소 면회하듯이 투명 창을 사이에 두고 마이크와 스피커로 대화를 한다. 어떤 주유소에는 그러니까 시내의 좀 큰 주유소는 직접 주유소 안에 들어가기도 한다.

보통 옆에 가격표가 기름 리터 단위로 붙어 있고, 그걸 보고 몇 리터 넣겠다고 이야기한다. 아니면, 돈으로 몇 루블을 넣겠다고 얘기한다. 보통 리터당 40루블 수준이니까, 내 바이크는 10리터 정도 넣으면 된다. 그래서 나는 보통 400루블 정도씩 주유했던 것 같다.

이제, 앞에 철제 서랍이 내 방향으로 열린다. 거기에 돈을 넣으라는 얘기다. 돈을 넣으면, 거스름돈을 준다. 거스름돈과 영수증을 같이 주는 경우가 있고, 영수증은 다 넣고 다시 와야 주는 경우가 있다.

거스름돈까지 받았으면 주유기에 가서 본인이 직접 주유하면 된다. 아마 안에서 양을 설정해주는 모양이다. 배치컨트롤러가 안에 있을까? 이쪽 분야에서는 나름대로 전문가인데, 주유기가 작고 심플한데 어떻게 동작하는지 궁금해진다. 완전 전자식도 아닌 것 같은데……. 그런데 어떤 주유기는 주유기의 리셋 버튼을 눌러야 시작되는 놈도 있다. 참고하시길!

스파스크달니에서 출발해 1시간 정도 가니까 원래 블라디보스토크에서 하루 코스로 잡았던 키롭스키가 나온다. 도시의 카페 간판을 보고 바이크를 세운다. 카페는 문을 닫았다. 가운데, 낚시 포함해 잡화를 파는 가게가 있고 오른쪽에 작은 식료품점이 있다.

식료품점에 들어가서 물 하나와 커피를 샀다. 커피는 뜨거운 물에 봉지 커피를 타준다. 아메리카노는 시베리아 횡단 도로 카페에서 기대할 수 없다. 하지만, 따뜻한 게 그리울 때인데 다행이다.

가게 뒤편으로 돌아가 소변도 보았다. 러시아 여행하면서 제일 불편했던 것 중 하나가 화장실이다. 대도시는 괜찮지만, 시베리아 횡단 도로에서 웬만하면 공중 화장실을 찾기 어렵다. 카페 실내 화장실을 이용하거나 주유소 화장실을 이용해야 한다. 그런데, 주유소 화장실이 가관이다. 남녀 구분이 있는 곳도 드물고, 있다 해도 한국의 70년대 화장실보다 더한, 밑에 커다란 항아리라고 할까 뭐 그런 통에, 위에 구멍 하나 있는 게 보통이다. 깔끔한 여인들은 시베리아 횡단할 때 참고하기 바란다.

키롭스키를 지나니까 경치가 바뀐다. 약간 구릉지라고 해야 할까? 단풍이 들어 멋지다. 파란 하늘과 노란 단풍과 바이크와 아준이……. 완벽하다. 1시간쯤 더 가서 달레네체스크에 가기 전에 문제가 생겼다. 아준이의 헬멧의 글라스가 바람에 날아가 버린 것이다. 정말 바람이 강하다. 추위가 문제가 아니다. 바람이 더 힘들게 한다. 왼쪽에서 불어오는 바람으로 바이크를 한 5도 정도 왼쪽으로 기울인 채 운전을 한다. 가끔 돌풍 비슷한 거라도 맞으면 휘청하는 느낌까지 받는다. 그 바람에 아준이 헬멧 윈도우 창이 날아가 버렸다.

주유도 할 겸 주유소에 바이크를 세웠다. 10리터 주유 후, 바이크를 한쪽에 세웠다. 오늘 하바롭스크까지 가기는 어렵다는 생각이 든다. 아직 360km 이상 남았는데, 시간은 12시를 넘었다. 그런데 헬멧까지 문제다. 아준이는 아빠가 앞에서 바람을 다 막아주니까 괜찮다고 그냥 가잔다. 하지만, 앞의 투명 글라스 없이 300km

가는 건 무리다.

헬멧을 사러 가기로 결정한다. 그런데 주유소 옆에 바이크들이 몇 대 서 있다. 가까이 가서 보니까 차 정비소인데, 바이크도 판매하는 듯싶다. 러시아에는 신기하게 모터사이클이 별로 없다. 도시에도 그 흔한 배달 오토바이도 안 보인다. 아마 추운 기간이 길어 현실적으로 운행이 어려워서일까? 그런 상황에서 바이크 여러 대가 서 있는 걸 보니까 반갑다. 저거 가서 물어보면 헬멧을 어디서 사는지 알 수 있을 것 같다.

키가 큰 정비사 아저씨에게 헬멧을 보여 주며, 문제가 있다고 열심히 설명을 했더니, 바로 옆집을 가리키며 가 보랜다. 러시아의 상점들은 이렇게 앞이 막혀 있는 곳이 많다. 밖에서 보면 도대체 뭐하는 집인지 알 수가 없다.

문을 열고 들어가는 순간! 완벽한 자동차용품점이었다. 타이어부터 엔진오일까지 없는 게 없어 보인다. 스크루지처럼 수염을 기른 젊은 남자가, 헬멧이 있는 곳으로 안내해준다. 아준이 쓸 거라고 했더니, 한자로 소(小)라고 쓰여 있는 헬멧을 꺼내 준다. 나는 저 한자를 읽었는데, 이 아저씨도 읽었을까? 아무튼, 너무 작다. 아준이가 얼굴에 살이 많고 안경까지 써야 해서 큰 게 필요하다. 그리고 여기는 풀페이스 헬멧만 있다. 다른 것 하나 더 꺼내 준다. 역시 소(小) 자가 쓰여 있다. 이 아저씨는 한자를 읽지 못하는 것이 분명하다. 이것도 역시 작다.

이번에는 아저씨가 어디선가 걸려온 전화를 받는 동안, 내가 중

(中) 자가 쓰여 있는 박스를 골랐다. 맞는다. 1,800루블이다. 3만6천 원. 품질은 알 수 없지만 비싸지 않은 가격이다. 원래 쓰던 것이 12만 원짜리였는데, 아준이가 멋지다고 좋아한다.

오른쪽이 정비소, 왼쪽이 자동차용품점이다.

새로 산 아준이 헬멧

헬멧을 쉽게 구한 덕분에 하바롭스크까지의 희망을 이어 간다. 아직 2/3를 더 가야 한다. 그런데 도로 사정이 좋지 않다. 편도 2차선 도로. 군데군데 패여 있는 곳도 많고, 공사 중인 곳도 많다. 트럭 들이 앞을 가로 막는 경우도 많다. 날씨도 문제다. 처음 7도에서 스파스크달니에서 출발했는데, 12시에 13도까지 오르다가 더 이상 오르지 않는다. 오히려 북쪽으로 올라갈수록 12도 11도까지 떨어지고, 결국 하바롭스크에 도착했을 때는 10도까지 떨어져 버렸다.

하체가 추워 중간에 어딘지 모르지만 주유하면서 바지 위에 우비를 덧입었다. 폼은 좀 안 나지만 어쩔 수 없다. 10월 달에 시베리아 횡단은 역시 무리인 듯. 어제는 바이크 타는 사람을 3명 지나쳤다. 그런데 오늘은 단 1명만 지나쳤다.

나는 처음 계획하면서 시베리아 횡단 도로에 들어서면 바이크 여행객들이 겁나게 많을 거라고 생각했다. 한국에서 바이크를 실으면서도 너무 많이 가게 되면 어쩌나 하고 걱정하기까지 했다. 심지어는, 같이 가는 사람들 좀 따라가야겠다고 생각했다.

그런데 배에는 달랑 내 브잉이 한 대만 실리고, 나하고 같은 방향으로 가는 사람은 아무도 없고 이미 모스크바까지 갔다가 돌아오는 듯한 포스의 바이크들만 하루에 한두 대. 기대했던 건 이게 아닌데…….

그래도 경치는 멋있다. 오늘 하루 달린 거리만 560km. 직선 거리로면 남해안에서 신의주까지 갈 수 있는 거리다. 내가 살고 있는 나라는 내가 바이크를 타고 하루에 주파할 수 있는 거리보다 작다. 거기에 6,000만 명이 아옹다옹하며 살고 있다. 시베리아는 그 넓은 땅에 그저 바람과 나무와 강과 갈대와 소수의 사람들이 살고 있다.

추위와 바람과 싸우며 하바롭스크에 도착. 오랜만에 보는 도시다. 역시 매연이 심하다. 잘은 모르지만 뭔가 굉장히 고풍스러운 도시인듯. 시간은 5시 30분. 몸도 마음도 지쳤다. 오른손에 계속 힘을 주고 왔더니 어깨도 아프다. 다리도 상태가 좋지 못하다. 그래도 아름다운 여인들이 보인다. 보통 러시아 미녀하면 떠오르는 이미지가 있다. 큰 키에, 파랗고 큰 눈, 금발 머리, 멋진 몸매. 그런데 이런 여자들은 도시에만 있는 것 같다. 그리고 도시의 모든 여자들이 그런 것도 아니고 정말 도시 여자들 중 10% 미만일 걸? 블라디보스토크에서 하바롭스크까지 오면서 이런 러시아 미녀들은 한 사람도 만나지 못했다. 이렇게 아름다운 사람들을 볼 수 있다는 건 좋은 일이다. 피로를 조금은 풀어준다.

역시 호텔 예약을 안했기에, 내비게이션에 아무 호텔이나 찍고 왔다. 주변에 호텔 표시가 많은 곳을 골라서. 그런데, 거의 하바롭스크 중심가이다. 레닌 광장 주변이니 서울의 광화문 광장 근처 정도 될까?

내비에서 알려주는 건물 뒤에 바이크를 세운다. 관리하는 아저씨가 와서 저 위쪽에 세우란다. 다시 바이크 옮기고 호텔로 들어갔다. 밖에서 봐서는 호텔 입구처럼 보이질 않는다. 문을 열었다가 안에 또 문이 있어 다시 닫고 나왔다. 그리고 밖에 있는 사람에게 물어봤더니 호텔이 맞단다.

다시 두 개의 문을 열고 들어가 왼쪽 문을 열고 또 들어가니 호텔처럼 보인다. 호텔임을 알게 해주는 건, 뒤에 걸려 있는 시계. 여기는 왼쪽에 모스코바, 오른쪽에 베이징, 중앙에 하바롭스크 시계가 걸려 있다.

그런데 여기는 분위기가 좀 이상하다. 엄청 비싸 보이는 것은 물론이고, 호텔 투숙객들인 듯싶은데 모두 사관학교 생도 같은 분위기가 난다. 별이 달려 있는 제복을 입고 다닌다. 그런데, 방이 없단다. 방이 없는 건지, 우리처럼 후줄근한 사람에게는 주고 싶지 않은 건지……. 이 아줌마와는 말이 안 통하겠다 싶어서 나왔다.

주변의 다른 호텔을 찾았다. 내비 알려주는 바로 옆 호텔은 호텔 건물이 아니었고, 길 건너 또 하나의 호텔을 찾았다. 러시아어로 “Amyp”, 우리 발음으로는 “아무르”. 어린 아이와 함께 헬멧 하나씩 들고 스키복 입고 대도시를 활보하고 다니는 모습이 볼만했을 것 같다.

그런데 러시아에 와서는 느낀 것은 외국인에 대해 일부러 관심을 갖지 않는다. 아니 정확한 표현으로는 관심을 갖지 않는 척 한다고 할 수 있을까? 왔다 갔다 해도 못 본 척하고, 어쩔 때는 투명 인간이라도 된 것 같다. 원래 다른 사람들 일에 관여하지 않으려 하기 때문인지는 모르겠지만, 그네들끼리 이야기하는 걸 보면 그렇지도 않은 것 같은데……. 다니기는 편하지만, 약간 소외되는 느낌. 그 정도로 해두자. 아무르 호텔. 입구를 리모델링 중이다. 크지만 포장지로 덮인, 새로 설치한 거대한 문을 열고 들어간다. 여기도 비싼 호텔인 듯. 두 아가씨가 있다. 여기도 방이 없단다. 하바롭스크 호텔들은 다들 성업 중이네…….

그래도 영어가 통해서 다행이다. 주위의 다른 호텔을 알려 달라고 했더니, 아까 갔다 온 호텔을 알려준다. 거기도 이미 가봤다고, 했더니, 둘이 막 이야기를 주고받는다. 그러고는 잠깐 기다리란다. 막 전화를 하더니, 버짓을 물어본다. 버짓을 물어보면 긴장하게 되는데. 이란에 출장 갔을 때, 테헤란 카펫 시장에 가서도 너무 비싸다고 하면 버짓을 물어본다. 나는 한 1~2백만 원이면 원하는 카펫을 살 수 있을 거라 생각했는데, 내가 사고 싶은 거는 거기에 “0” 자를 하나 더 붙여야 했다. 나의 버짓을 말해 봐도 의미 없는 상황이었다. 그런데 여기서도 버짓을 물어본다. 그러면서 하는 얘기가 주변 호텔에 방이 하나 있는데, 18,000루블짜리 밖에 없단다. 이런 상황에서 “OK”를 외칠 수 있다면 행복할까? 그랬으면 이렇게 추운 날씨에 바이크나 타고 어린 아들과 개고생은 하지 않았을까? 어떤 것이 더 좋은 것일까? 알 수가 없다. 아무튼, 18,000루블은 너무 비싸서 안 된다고 했더니 전화를 끊더군. 그래서 내가 한 5,000루블까지는 가능하다고 아주 수줍게 이야기했다. 그랬더니 또 전화를 하더만, 이번에는 내 성을 물어본다. 그러고는 내 이름으로 예약했다고 4,000루블 정도 된다고 한다. 정확히 말해, 이 아가씨들은 완벽한 러시아 미인의 기준은 아니지만, 이렇게 마음씨 착한 아가씨들이 정말 예뻐 보인다. 호텔 이름을 적어 주고 내 폰의 구글 지도에 표시까지 해준다. 아준이가 난생 처음으로 영어로 인사했다. "Good Bye!"

다시, 바이크를 타고 이동. 1.6km다. 그런데, 퇴근 시간의 하바롭스키의 교통 체증도 장난이 아니다. 한 30분 걸려서 호텔에 도착한 듯하다. 새로 지은 건물로, 느낌이 좋다. 체크인 하고 3,600루블 내고…… 조식까지 포함되어 있다. 호텔 이름은 러시아 표현으로 "ABPOPA", 영어로 "AURORA" 정도 될까? 레닌 시내 중심가에서는 약간 벗어나 있지만, 가격도 저렴하고 깨끗하고 특히 조식이 괜찮다. 예약도 안했던데 3,600루블에 맛있는 조식까지…… 남는 장사다. 호텔에 들어와서 짐 풀고, 저녁 먹으러 나갔다. 8시쯤 나간 것 같은데…… 네이버 맛집 검색. 친절하시게 하바롭스크 맛집까지 소개되어 있다. 아준이가 좋아하는 피자집에 가기로 했다. 2.7km, 걸어서 40분 거리다.

걷자 생각하고 걷기 시작. 생각보다 멀다. 그런데, 하바롭스크는 도시는 중심으로 숲이 조성되어 있다. 레닌 광장을 중심으로 남쪽으로 폭 100m 정도의 숲이 이어진다. 괜찮은 아이디어 같다. 피자집 이름은 'V DROVA PIZZERIA'. 피자 하나와 파스타 하나 주문. 피자는 15분 정도 걸린단다.

파스타 정말 맛있다. 토마토소스 파스타인데, 면도 면이지만 안에 들어가 고기의 맛이 부드럽고 식감이 좋다. 인생 최고의 파스타 요리인 듯. 집사람이 해준 것 빼고 피자는 그럭저럭. 화덕에 직접 구워 주는 피자인데, 도우가 약간 두툼한 듯. 베트남 붕따우에 출장 갔을 때, 이탈리아 사람이 직접 하던 피자집에서, 한국 호박부침 보다 더 얇은 바삭하면서도 고소한 피자를 먹어본 기억이……. 이 집도 맛있긴 한데, 베트남에서 먹어 본 피자보다는 못하다. 이래서 첫 경험이 중요한 걸까?

이 집은 나름 무슨 이벤트도 한다. 직원들이 후크 선장, 팅커벨, 백설 공주 분장에 손님이 올 때마다 큰 소리로 인사해주고, 그러더니 무슨 손님들 나오라고 해서 모자 돌리기 게임까지……. 마지막 남은 사람에게 선물을 준다. 재미있는 곳이다. 그런데 옆 커플이 수상하다. 우리 바로 옆 구석 테이블의 커플이, 우리가 처음 앉았을 때는 눈치를 보더니, 이게 아주 쪽쪽 빨고 난리가 났다. 아준이가 "아빠 나 옆에 있는 사람들 뽀뽀 하는 거 봤다." 한다. 그래서 그쪽 쳐다보지 말라고 하긴 했는데……. 저 정도 했으면 입이 아프기도 할 텐데. 아니면, 정말 사랑하나? 한국에서처럼, 손잡고 모텔 들어가는 것보다 저렇게 표현하는 게 낫다는 생각이 들기도 하고. 아무튼 젊은 게 좋다는 생각이 들기도 하고.

피자집 'V DROVA PIZZERIA'

파자 먹고 나와서 9시 반쯤 되었는데, 또 걸어갈 일이 걱정이다. 그래서 택시를 탈까 싶었다. 하지만 러시아는 그냥 길에서 택시를 잡는 게 아니라 전화해야 오는 것 같다. 그래서 구글 검색. 56번 버스를 타란다. 정말 세상 좋아졌다. 도시마다 여행 안내 지도에, 실시간 안내까지. 번역 서비스에, 조금 있으면 정말 실시간 통역까지 나올 기세다.

예전에는 지식이 힘이 되었다. 경험이 큰 자산이었다. 하지만 이제, 지식은 웬만해서는 자산이 되기는 어렵다. 집사람이 예전에, 나중에 딸을 위해서 레시피 집을 만들어 볼까 생각했던 적이 있단다. 하지만 포기했다고 한다. 인터넷 검색만 해도 같은 메뉴에 수

십 개 레시피에 후기까지……. 이제 딸을 위해 그런 노력을 기울일 필요가 없어졌단다. 나이 먹은 사람의 경험이 대접 받던 때가 좋았을까? 지식으로 권위가 되지 않는다면, 무엇이 권위가 될 수 있을까? 기술? 돈? 힘? 그런 것으로 인간의 권위를 메긴다는 것은 오히려 야만의 시대로 돌아가는 것 같다. 문명의 발달로 다시 야만의 세상으로 돌아간다. 우습다.

짜잔! 버스 정류장에 갔다. 그런데, 표지판에 56번 버스가 없다. 옆에 아저씨한테 물어 보았다. 56번 서는 거 맞고, 10분만 기다리면 온단다. 기다린다. 춥다. 기온이 5도 밑으로 떨어진 듯싶다. 의자에 앉아서 기다린다. 20분 기다려도 버스는 안 온다. 아준이가 투덜거린다. 걸어갔으면 벌써 갔을 거라고. 다리 아프다고 한 녀석이 누군데? 그래서 우리한테 10분만 기다리면 온다고 한 아저씨가 버스 타고 갈 때까지만 기다리자고 한다.

그런데 10분 후에, 그 아저씨는 택시 타고 가버렸다. 치사한 아저씨. 이제 5분만 더 기다렸다가 가자고 했다. 10시 25분까지 기다려도 버스는 오지 않는다. 결국 걸어가기로 결정. 춥다. 내일 바이크 탈 일이 걱정이다. 한 5분 걸었을까? 한 대형 건물 앞에 택시 3대가 서 있다. '오로라 호텔' 가자고 했더니 갈 수 있단다. 나이 지긋한 아저씨. 200루블에 호텔까지. 거의 11시가 되었다.

이제 슬슬 여행을 정리해야 한다. 월요일 아침까지 블라디보스토크에서 바이크를 선적하려면, 두 가지 옵션이 있다. 여기서 하루 더 400km를 가서, 오블루치에까지 간 다음, 3일을 달려 돌아가는 방법. 아니면, 하바롭스크에서 정리하고 돌아가는 방법. 오블루치에까지는 너무 춥다. 그리고 혹시 비라도 하루 오면, 월요일 아침까지 돌아갈 수 없다. 다음 주 수요일 배를 타지 못하면 나는 인생 최대의 위기를 맞을 수도 있다.

내일 아침 하바롭스키 기온이 1도란다. 이제 결정을 해야 한다. 아준이와 진지하게 상의를 했다. 그래서 이제 슬슬 정리하기로 했다. 하바롭스키 구경 조금 하고, 내일 오후부터는 블라디보스토크 쪽으로 출발하기로……. 이렇게 현실과 타협을 해버렸다.

하바롭스크-비킨

10월 5일 목요일. 아침 기온이 1도다. 춥다는 핑계로 출발이 늦어진다. 늦은 아침을 먹고, 하바롭스크에서 가장 유명하다는 레닌 광장으로 향한다. 시내 주행이 쉽지 않다.

특히 도로가 일방통행 도로가 많다. 큰 간선 도로 외에는 거의가 일방통행로이다. 내비를 설정하지 않고 가까이 있으니까 하고 나

하바롭스크

온 게 낭패다. 거기다가, 여기는 좌회전 신호가 없다. 양방향 직진 신호가 들어오면 반대쪽에서 차가 오지 않을 때, 눈치껏 좌회전을 해야 한다. 어렵다.

결국 레닌 광장 근처의 한 아파트 주차장에 바이크를 세워 놓았다. 레닌 광장까지는 1km, 공원을 거쳐서 가야 하기에 공원까지는 가까워서 걸어가기로 한다. 도시에 이런 공원이 있다는 것이 좋다.

레닌 동상

공원에서는 웬 고등학생 쯤 되는 여학생들이 둘씩 달리기 시합을 하고 있다. 무슨 체육 대회도 아니고…… 아준이가 너무 느릿느릿 쫓아온다. 걷기가 싫은가 보다. 구시렁구시렁 하면서. 드디어 레닌 광장 도착. 레닌 동상이 있고 그 앞에 도로, 그리고 작은 광장. 과연 레닌이 꿈꾸었던 세계는 어떤 모습이었을까?

다시 바이크 쪽으로 향한다. 그런데 어딘지 위치를 모르겠다. 좁은 골목을 통과해서 나와서 대충 기억이 나는데, 기억에 의존해서 가니까 거기가 아니다. 아준이는 옆에서 투덜거린다. 30분 헤매고 나서야 겨우 찾을 수 있었다. 구글 지도에라도 위치를 표시해 두었어야 하는 건데…….

바이크를 타고 우수리 강으로 향한다. 아준이가 바다냐고 물어본다. 우리가 사는 녹동 앞바다만큼 넓다. 우수리 강을 지나 프리아무스키라는 동네의 카페에서 차를 마시며 이번 여행을 마무리한다.

여행의 마지막 카페

돌아오는 길은 낯설지 않다. 한번 가본 길이니까. 그리고 집으로 가는 길이니까. 일정에 여유가 생겨 사진도 찍고 좀 천천히 가보려고 한다. 하지만 사진을 찍기가 쉽지 않다. 갓길에 큰 트럭들이 있어 바이크를 세울 수가 없다. 그러니 어떤 길로든 들어가야 겨우 세워 놓고 사진을 찍을 수 있다. 이번 여행에서 처음 찍은 아준이와의 사진. 작은 강이 있는 마을에서 사진을 찍다가 다가오는 커플에게 부탁해서 한 장 얻었다.

원래 오늘 자려고 했던 곳은 바젬스키이다. 바젬스키에 도착하니 시간이 4시 30분 정도. 숙소를 잡기에는 좀 이르다 싶다. 그런데 동네가 너무 작다. 제대로 된 상가도 형성되어 있지 않고. 뭐가 있을까 싶다. 지나가는 남자에게 물어보았다. "가스찌니짜"를 찾는다고. 가스찌니짜는 우리의 모텔 또는 여관에 해당한다. 손짓으로 저쪽으로 가서 쓸레바 어쩌구 저쩌구…… 왼쪽으로? 알려주는 데로 가보니까 도통 찾을 수가 없다. 그리고 아직 시간 여유가 있어서 절박하지 않다.

계속 남쪽으로 달린다. 한 30분 달려, 휴게소에 도착. 따뜻한 음식으로 배를 좀 채워야겠다. 메뉴를 주문하려고 하는데, 메뉴판을 아무리 봐도 모르겠다. 그래도 주인아줌마가 마음씨가 좋아 열심히 설명을 하신다. 러시아 사람들의 특징인 듯하다. 처음에는 못 본척한다. 투명 인간처럼. 그리고 물어보면 일단 튕긴다. 여기서 포기하면 끝이다.

아까 점심에 빵을 먹었던 휴게소에서 우리가 메뉴를 고르고 있을 때, 웬 중국인이 3명 들어왔다. 휴게소가 정말 작아서, 아준이와 나도, 앉아서 먹을 데가 없다는 둥 투덜거리고 있었다. 중국인들도 둘러보고 메뉴판 한번 보더니 자기들끼리 뭐라고 말하면서 나가버린다.

나는 그렇게 나갈 수가 없다. 한끼 한끼가 절박하니까. 아준이를 먹여야 하니까. 아빠니까. 그래서 휴게소 앞에 쌓여있는 만두와 소시지 빵을 하나씩 들고, 음료수를 골라 계산을 했다.

그러자 아주머니 표정이 밝아지더니, 전자레인지에 데워주고 뒤로 돌아 들어오란다. 앞의 가게는 정말 네 사람 서 있기도 좁을 정도로 작았는데, 뒤에 가정집 같이 생긴 곳에 테이블과 의자들이 마련되어 있었다.

만두와 빵

만두 속

보르쉬 치즈가 풀어져 맛없어 보임.

러시아 사람들이 외국인들에게 불친절한 듯 보이는 것은, 원래 심성이 그런 것은 아닌 것 같다. 말이 통하지 않아 벽을 많이 겪다 보면서 그렇게 된 듯. 하지만, 이쪽에서 진지하게 대하면, 친절한 본성이 나오는 게 아닐는지…….

아무튼 5시에 들어간 휴게소에서도 아줌마가 막 설명하더니, 그걸로 2개 주겠단다. 그래서 그렇게 하라고 "OK"를 외치고 기다린다. 짜잔. 엊그제 먹었던, 양배추 치즈 소고기 토마토 국이다. 여기서는 아주 대중적인 음식인 듯싶다. 따뜻하고 맛있다. 그저께 먹었던 것과는 맛이 좀 다르다. 국물은 덜 진한 것 같은데, 고기 맛은 더 좋다. 따뜻한 게 들어가니까 좀 안정이 된다. 나중에 안 사실은 이 수프 이름이 '보르쉬'란다.

이제 오늘은 또 어디서 자야할지 고민해야 한다. 시간은 어느덧 5시 20분. 주인아줌마에게 "가스찌니짜"를 묻는다. 종이에 80~90km를 가야 한다고 적는다. 낭패다. 앞으로 1시간을 더 가야 하다니……. 빨리 바이크를 출발시킨다. 다음에 있는 마을 '레몬토브카'에 들어가 본다. 바젬스키보다 작다. 여기는 숙소가 없을 것 같다. 다시 출발한다. 그런데, 빗방울이 떨어지지 시작한다. 아주 가지가지 한다 싶다. 떠오르는 단어. '화불단행(禍不單行)'

6시쯤 지났는데 반가운 표시가 나온다. '비킨'이라는 동네 이정표와 함께 주유소 표시와 침대 표시가 그려진 이정표. 숙소가 있다는 뜻이다. 다행이 비는 많이 오지는 않는다. 도로가 살짝 젖을 정도. 아직 옷은 젖지 않았다. 하지만 이정표 보고 1km 들어가도 아무 것도 없다. 작은 나라에 살아서 생긴 조급함일까?

먼저 주유소가 나왔다. 10리터 기름을 채운다. 누구에게 물어봐야겠다. 보통 30~40대 남자들이 가장 답을 잘 해준다. 앞에서 기름 넣고 있던 40대 남자에게 "가스찌니짜"를 묻는다. 엄청 열심히 설명을 해준다. 알아듣는 척하고, 일단 있기는 있구나 하고 안심을 하고, 장갑을 끼고, 헬멧을 쓰려고 하니까 아까 설명해 준 아저씨가 안 가고 서 있다. 내가 쳐다보니까 따라오라고 손짓을 한다. 얼른 따라 나선다. 거기서부터 한 2km는 더 간 듯싶다.

비킨이라는 도시에, 메인 도로도 아니고 약간 비포장 도로 앞에 깨끗한 호텔이 나타난다. 내가 혼자 왔으면 절대 찾지 못했을 거다. 아저씨와 악수 하고 헤어지고 체크인을 한다. 카운터의 곱게 생긴 아가씨가 이것저것 적고 키를 내주고, 넓고 안락한 방으로 안내를 해준다. 오늘도 아준이의 기도 덕분인가? 3번 기도했단다.

지은 지 얼마 안 된 호텔인 듯. 최근에 이런 호텔들이 많이 생기는 듯싶다. 아마 이 호텔은 한국에는 처음 소개하는 호텔일 듯. 처음에 시베리아 횡단을 계획할 때는, 노숙까지 생각해서 텐트까지 챙기려고 했는데, 좋은 숙소들이 많아 잘 계획하면, 부부끼리 또는 자녀와 함께 시베리아 횡단 하는 것도 어렵지 않을 것 같다. 물론 블라디보스토크에서 하바롭스크까지만이다. 그 이후는 나도 모른다. 책임질 수 없다.

이 호텔 이름은 '아주르'. 저녁 먹으러 나가면서 보니까 카운터에 주인 아주머니인듯 한 분이 앉아 계신다. 한국 사람이랑 너무 똑같아 깜짝 놀랐다. 말은 러시아 말을 쓰시지만, 아마 고려인의 후예이나 뭐 그렇지 않을까? 이 호텔도 3,000루블. 조식도 준다.

다음날 아침 8시 15분에 누가 문을 두드려 깜짝 놀랐는데, 어제 카운터에 있던 예쁜 아가씨가 친절하게 빨간 쟁반에 담아 아침을 갖다 준다. 두 쟁반에 하나는 커피를 하나는 녹차를 담고, 밀전병에 싼 음식인데 하나는 밥과 고기를 볶아 쌓았고, 하나는 두부 같은 것을 넣어 만들었다. 사소하지만 배려에 감사하게 된다.

저녁 먹은 이야기. 구글 카페 검색. 3개가 나온다. 피자집이 리뷰는 많지만, 현지 식당을 가기로 한다. 무슨 단체 행사가 있었는지, 20명 정도의 젊은이들이 자리를 일어선다. 앉아도 되냐고 했더니 앉으란다. 그 친구들이 식사를 마치고 나가기 전에, 구글 번역기로 메뉴를 추천해 달라고 했다.

주인아주머니의 남편인 듯 보이는 분이 다가와 일본인이냐고 묻는다. 아니라고 한국인이라고 했더니 잘 모른단다. 아직 한국 사람들이 많이 다녀보지 않은 듯. 뭐 대충 음식을 고르고, 기다린다.

샐러드와 딤섬처럼 생긴 걸 넣고 국물 부은 만둣국, 그리고 양고

저녁 먹은 동네 식당 'Caf Lankaran'

기 바비큐를 시켰다. 맛있다. 만둣국은 양배추 잎으로 고기를 쌓아서 끓여 놨는데, 러시아 와서 먹은 음식 중에 제일 맛있었다. 바비큐도 담백하게 숯불에 구워 놓은 맛도 괜찮다. 가격도 너무 저렴하다.

세 가지 음식에 맥주 하나 콜라 하나까지, 600루블이 안 되었던 듯. 아래는 그 카페 사진. 구글 지도에는 'Caf Lankaran'으로 나온다. 처음 들어가 보고 실망하시지 마시길. 그냥 동네 선술집 같은…… 너무도 전형적인 러시아 식당이다. 가구나 인테리어 이런 건 아무 것도 없고, 뜬금없이 위에 달려있는 사이키 조명으로 보아 가끔 동네 사람들의 잔치나 행사 때, 노래도 부르고 춤도 추는 곳인 듯.

비킨-레소자보츠크-우수리스크

10월 6일은 남쪽으로 중간 중간 사진도 찍으면서 천천히 이동한다. 숙소는 레소자보츠크에 잡았다. 한번 가보고 싶었던 가스찌니짜에 들어왔다. 레소자보츠크 입구에 있는데, 좀 오래된 숙소인 듯싶다. 카운터에서 젊은 여자가, 뜬금없이 여권에 비자가 없다고 시비를 건다. 영어는 조금 가능한 정도인데, 자신의 휴대폰으로 비자 사진을 보여주며, 그리고 내 여권에 중국 비자를 가리키며, 비자가 없단다.

나는 한국정부와 러시아 정부 사이의 협약 체결로 비자가 필요없다고, 모처럼 고급 영어를 써봤다. 그래도 막무가내다. 그러더니, 어디로 막 전화를 하더니, 키를 주면서 올라가란다. 처음부터 이렇게 시작.

방은 좁고, 냄새도 심하다. 러시아 숙소는 모두 깨끗하다고 생각했는데, 기대가 무너진다. 그리고 요금도 3,000루블. 호텔과 차이가 없다. 암만해도 다음에는 "가스찌니짜"는 이용하지 말아야겠다. 안 좋은 점 또 하나. 난방기가 없다. 아주 추운 날은 스팀 라디에이터로 난방을 해주는 모양인데, 다른 호텔들에서 보았던 냉온풍기가 없다. 오늘은 춥게 자야겠다. 또 하나. 새벽 3시까지 쿵쿵거린다. 건물에 나이트클럽이 있는지, 바닥이 울릴 정도다. 그래도 발 뻗고 잘 수 있음에 만족해야지.

레소자보츠크는 중국과 국경을 맞대고 있다. 우수리 강을 따라 올라가면 중국 국경을 볼 수 있을 것 같다. 가스찌니짜에 방을 잡아 놓고, 길을 나선다. 중간에 철도 건널목에서 10분을 기다렸다. 석탄 실은 화물차가 객차를 70량을 끌고 가더니, 반대 방향으로 기관차가 또 하나 지나간다. 기다리는 시간이 길다. 중국 국경까지는 내비 상으로 15km 정도. 하지만 중간에 길이 막혔다. 포클레인이 완전히 길을 절단하고 작업 중이다. 돌아가는 길 표시도 없다. 옆으로 우회로가 있을 것 같아 들어갔다가 비포장에 점점 좁아지더니 결국, 풀로 뒤덮인 목초지가 나온다. 뒤따라오던 SUV도 포기하고 차를 돌린다. 나도 바이크를 돌린다. 중국 국경은 다음에 봐야겠다.

돌아오는 길에 아준이가 놀이터를 보더니 좀 놀고 가잖다. 혼자서 그네도 타고 뺑뺑이도 돌리고 잘 논다. 옆에 러시아 아이들이 다가와 스스럼없이 논다. 아이들이 더 잘 적응하는 듯싶다. 저 아이들은 커서 뭐가 될까? 꼭 뭐가 되어야 하는 것은 아니고 어떻게 살아갈까?

저녁에 한 15분 걸어가서 이탈리아 식당에서 저녁을 먹는다. 피자 1판, 초밥 1세트, 샐러드 1개. 오랜만에 밥을 먹어본다. 비록 초밥이지만. 역시 밥이 맛있다. 레소자보츠크는 분위기가 완전 나 어렸을 때 동네 풍경하고 비슷하다. 가로등 없는 거리며, 도시가 완전히 정리되지 않아, 군데군데 공터를 가로질러 웅덩이를 피해 캄캄한 밤길을 걸어가야 하는 거며……. 어려서 우리 동네 느낌이 난다. 저녁에 돌아오며 가스찌니짜 뒤에 있는 마트에 들렀다. 음료수 하나, 요거트 하나, 맥주 하나, 칫솔 2개, 치약 1개, 사과 2개를 사고, 254루블. 5,000원 정도. 물가가 싸기는 싸다.

이제 10월 7일 토요일. 어제 남겨 온 피자와 사과를 아침으로 먹고 길을 떠난다. 오늘 갈 길은 그렇게 멀지는 않다. 그리고 오늘 아침 앞으로의 숙소를 예약해 놓았다. 우수리스크에서 일박, 그리고 나머지는 블라디보스토크에서 3박. 아준이가 숙소 예약 안 해 놓는다고 하도 뭐라고 해서.

오늘은 우수리스크까지만 가면 된다. 한 300km 될라나? 하바롭스크로 가는 길에 키롭스크키 지나서 우수리강 주변 경치가

괜찮아서 오전에는 거기서 사진은 찍고, 오후에 스파스크달리에서 항카 호수를 보고 우수리스크까지 가는 것이 오늘의 목표다. 일단, 우수리강을 건넌다.

강변에 접해 있는 마을의 마트 앞에 바이크를 세운다. 음료수와 커피, 물을 산다. 우수리 강 쪽으로 걷는다. 다리를 건너는데 한 300미터 되는 듯싶다. 우기가 아니라서 그런지, 물은 얕고 더디다. 그래도 강폭은 넓다.

다리를 건너, 강물을 만져보겠다고 강 밑으로 내려간다. 내려가는 길이 있는 것은 아니고 제방의 콘크리트를 조심스럽게 밟고 내려간다. 열심히 아준이와 걸어가고 있는데, 웬 방송이 나온다. 무슨 말인진 몰라도 딱 보아도, 우리한테 하는 말인 듯싶다.

얼른 돌아온다. 돌아오다 보니까, 우리가 내려온 반대편 차선 쪽으로 초소가 있고 계단이 있다. 그 위에 웬 러시아 아저씨들 2명이 서서 손짓을 한다. 뚱뚱한 아저씨와 홀쭉한 아저씨. 열심히 걸어서 올라갔더니, 뭐라 뭐라 막 하는데 무슨 말인지 알아들을 수는 없다. 복장으로 보아서 군인인 듯싶다.

폼으로 봐서는 거기 가면 안 된다는 말인 듯싶은데……. 아마 군사적으로 다리가 중요해서 다리 관리를 철저히 하고 있는 듯싶다. 나보고 걸어왔냐고 한다. 모터사이클 타고 왔다고 했더니, 그쪽으로 가란다. 그렇게 브잉이 곁으로 돌아왔다. 여기서 사진 많이 찍으려 했는데 아쉽다.

아쉬운 마음으로 마을에서 바라보이는 산꼭대기의 정교회 사원 같은 곳에 가보기로 한다. 작은 마을인 듯싶어, 길을 따라 들어간다. 그런데, 아주 예쁜 다리가 나온다. 사람 보행을 위한 보행 다리다. 다리 건너는 우수리 강의 분지 안으로 들어가는데, 여기 저기 길이 나 있어 어디로 이어지는지는 알 수가 없다. 아무튼, 가끔 이런 행운도 찾아온다니까. 아까 군인 아저씨들 덕분일까?

이 정도의 분위기로 한 1시간 시간을 보내고, 진짜 모스크를 찾아 반대로 나선다. 구글 지도에는 이쪽으로 돌아가면 올라갈 수 있다고 나와 있는데, 군부대가 막고 있어 갈 수가 없다. 러시아는 참 여기저기 군부대가 많다. 어디 산 속이나, 그런데 있는 게 아니라 마을마다 부대가 있는 듯싶다.

반대로 가니까 웬 유원지 비슷한 곳이 나오고, 산책하는 사람들이 많이 보이고. 관광지인가? 우리도 바이크를 세우고 같이 걸어본다. 산 쪽을 올라가도 모스크로 가는 길은 보이지 않고, 웬 큰 요양원 비슷한 곳이 있는데, 조경이 아주 잘 되어 있다. 여기를 다녀가는 사람들이 관광객처럼 보인 것이 아닐까.

옆 카페에서 점심을 먹는다. 또 토마토 김칫국이다. 이 음식의 이름을 알아냈다. 보르쉬란다. 러시아 전통 음식으로 육수에 채소를 넣고 끓이는데, 비트 뿌리를 넣고 끓여 붉은 색을 낸단다. 한국의 된장찌개 정도에 해당 되려나? 러시아 와서 하루에 한 번은 보르쉬를 먹은 것 같다. 수프를 달라고 하면, 무조건 보르쉬가 나온다. 슬슬 지겨워진다. 보르쉬와 구운 양고기, 약간의 채소와 빵으로 점심을 해결한다.

이제 항카 호수로 이동한다. 거리는 120km 정도. 그런데 시간이 2시간 30분이 걸린다고 내비에 표시되어 있다. 항카 호수는 너무 넓어서 아마 전라남도 면적은 되는 듯싶은데, 어디로 가야 하는지 알 수 없다. 남해 바다에도 절벽도 있고, 돌멩이 바다도 있고, 해수욕장도 있는 것처럼 그 넓은 항카 호수 중 어디로 가야 할까? 구글 지도를 열심히 확대해 보니까, 스파스크달리에서 들어가면 레크리에이션 센터가 있단다. 아! 여기로 가면 되겠구나. 목적지 설정하고 출발한다.

그런데 남은 거리에 비해 시간이 너무 많이 계산된다. 보통 120km 정도면 1시간 30분 정도가 정상인데, 2시간 30분이 걸린다니 수상하다. 뭐, 구글 내비도 오류가 있을 수 있지 하고 출발. 스파스크달니까지는 정상적인 도로. 그런데 갑자기 나타나는 비포장. 왜 시간이 오래 걸리는지 알겠다. 비포장도로가 20km 이상.

결국 레크리에이션 센터까지는 가지 못했다. 1.3km 남겨두고, 한 번 구덩이 넘어가다가 넘어지고, 바이크 엔진이 바닥에 닿아 덜컹

거리고 하면서, 시간은 4시 30분을 넘고, 우수리스크까지 150km를 더 가야하고, 이 길을 다시 빠져 나와야하고, 이 길로 가봤자 레크리에이션 센터 같은 것은 없을 것 같고, 그래서 되돌아 나왔다.

아까 미끄러지면서 오른쪽 다리를 짚었는데, 무릎 상태도 좋지 않다. 이렇게 좀 충격이 가해지면 충격 요법에 의해 더 좋아지는 걸까?

그런데 여기 들어온 것이 후회되지 않다. 다른 세상 같다. 끝도 없이 펼쳐진 평야를 지나고, 또 끝도 없이 펼쳐진 늪지를 지나고, 끝이 없어 보이는 호수가 있다. 늪지는 꼭 '이상한 나라의 엘리스' 같은 영화를 보면 나오는 무시무시하고 괴기스러운 늪지대 같다.

그런데 중간 중간에 낚시하는 사람들이 있다. 한 10팀 정도 본 것 같은데, 식구들하고 와서 낚시하고 캠핑하고, 보트 띄워 놓고. 무슨 고기를 잡는지는 보질 못했다. 물, 풀, 나무, 새, 하늘, 바람……. 이런 것들로 이루어진 세상이다. 텐트 치고, 낚싯대 드리워 놓고, 하루 종일 사진도 찍고, 낚시도 하고 싶다. 아래는 항카호 주변 사진 몇 장.

항카호 가기 전 들판

항카호 늪지대

항카호 마지막 지점

항카호에서 건진 베스트 사진

이렇게 서둘러 항카호 방문을 마무리하고 우수리스크를 향한다. 숙소만 예약해 놓지 않았으면 스파스크달니에서 묵었을 건데……. 지난번에 묵었던 숙소도 알고 있고, 푸근해 보이는 아줌마도 보고 싶고……. 하지만, 숙소를 예약해 놓았기 때문에 우수리스크까지 가야 한다. 이게 바로 미리 계획한 여행의 단점이다. 적응력이 떨어진다. 여기서 다시 150km. 20km 비포장을 조심스레 나가서 다시 엑셀을 당긴다. 기온이 25도까지 올라가 춥지는 않다. 차림도 가벼운 바람막이 차림이다.

바이크를 타고 달리며 일몰을 보았다. 메인 도로에서 우수리스크까지는 20km를 더 들어와야 한다. 저녁 7시가 되서야 숙소에 도착한다. 시내 운전은 역시 쉽지 않다. 게다가 야간 운전이다. 겨우 바이크 주차하고, 우수리스크 가스찌니짜에 도착한다. 여기의 가스찌니짜는 호텔에 버금간다. 깨끗하고, 뜨거운 물도 잘 나오고 게다가 가격도 싸다. 2,000루블이다. 가스찌니짜가 모두 똑같은 것은 아니라는 걸 깨달았다.

씻고 9시가 되서야 저녁 먹으러 나간다. 시간도 늦고, 멀리 가기 귀찮아서 구글에서 찾아 호텔 앞에 있는 'SKAZKA'라는 식당으로 간다. 엄청 고급 식당 분위기이다. 유럽식 고급 레스토랑 분위기가 난다. 서빙 하는 아가씨도 영어를 좀 하고, 아이패드로 음식 사진을 보면서 주문할 수 있어 편리하다. 세 가지 메뉴를 주문하고, 오늘 하루 고생한 데 대해 자신에게 와인을 선물한다. 아래는 주문한 메뉴.

그리고 아래는 영수증이다. 이 영수증으로 러시아어 공부를 한다.

Кафе "Сказка"
Чек #235992 Стол # 11 Гостей 2
07.10.2017 Открыт 20:58 Печать 22:00
Кассир: Дробот Анна
Официант: Лысенко Офелия

Блюдо	Кол-во	Сумма
Брускетта с гуакамоле и яцом пашот	1.00	230.00
Корейка свиная с печеным картофелем	1.00	390.00
Скоблянка с морепродуктами	1.00	580.00
Куатро Пасос	1.00	1800.00
Напиток "Pepsi"	1.00	135.00

Всего: 3135.00

Итого к оплате: 3135.00

Рубли 3135.00

Будем рады Вашим отзывам на
www.tripadvisor.ru

Вознаграждение официанту приветствуется
но всегда остается на Ваше усмотрение.

카페 '스카즈카', 스카즈카는 '이야기'

캐셔: 드로도뜨 안나
웨이터: 루쎈코 오펠리야

브루스께따: 빵 위에 얹어 먹는 요리.

구아카모레: 아보카도 열매.

예숌: 계란. 빠쇼트: 수란(반숙)→아보카도열매를 갈아 얹고, 그 위에 계란반숙을 얹은 브르스께따 요리.

까리에까: 안심.

쓰비나야: 돼지고기.

삐치어늠: 구운.

까르또필름: 감자→돼지고기 안심 스테이크와 구운 감자.

스코블랸카: 볶음 요리.

모레쁘로두끄따미: 해산물→해산물 볶음(오징어 볶음밥 정도).

꿉뜨라 빠쏘스: 포도주 이름.

나삐똑 펩시: 드링크 펩시(펩시콜라).

역시 살면서 하는 공부가 제대로지. 와인을 남기고 온 게 살짝 아깝긴 한데, 그래도 잘 먹었다. 아준이가 이제 한국에 가서 스테이크는 못 먹겠단다. 러시아 스테이크가 너무 부드럽고 맛있다고. 와인이 떨어질 때마다 오펠리야가 와서 따라주고, 심지어는 콜라가 떨어져도 따라준다. 과잉 친절에 너무 부담스럽다. 6만3천 원인데 그 중 3만6천 원이 와인 값이니, 메뉴나 서비스에 비해서는 비싸지 않은 가격이다.

우수리스크-블라디보스토크

이제 10월 8일. 아침 10시가 다 돼서 가스찌니짜를 나선다. 오늘의 계획은 우수리스크 관광과 블라디보스토크로 이동하는 것이다. 먼저 고려인문화센타를 찾아간다. 호텔에서 900m 거리. 문화센터와 붙어있는 카페에 주차를 하고, 카페에 늦은 아점을 먹기 위해 들어간다.

여기는 고려인문화센터답게 한국 음식들도 있다. 하지만, 한국어로 주문하는 건 기대하지 말기를. 아준이는 비빔밥을, 나는 빈대떡이 위에 얹어진, 약간 돈가스 분위기가 나는 덮밥을 시킨다. 비빔밥이 그럭저럭 맛있다. 아준이가 오랜만에 이런 음식 먹으니까 맛있단다.

카페의 분위기

아점을 먹고 바로 붙어 있는 고려인문화센터에 갔다. 러시아에 이런 건물이 있는 것이 신기하다. 러시아에 고려인이 이주한 지 140년 정도 되었는데 그걸 기념하기 위해 설립했다고 한다. 오늘도 무슨 행사가 있는지, 고려인 할머니 할아버지들이 2층 어딘가로 올라가시고, 나한테도 어디로 가면 되냐고 물으시는데, 한국어이긴 한데, 알아들을 수가 없다. 얼마나 고생하셨을까? 그 시대는 다들 고생을 했을까?

고려인문화센터

일부러 여길 보려고 올 필요는 없을 것 같고, 이 지역을 지나갈 계획이 있다면 한번 들러 볼 만하다. 그간 고생스러웠던 것들이 한 순간에 느껴진다. 나라가 잘못 되면, 국민들이 얼마나 힘들어질 수 있는지, 느끼게 해준다. 아니면 원래 주인 없는 땅에 선을 그어 놓고 네 나라, 내 나라 하고 나누고, 통치하고, 빼앗고 했던 것이 문제일까? 알 수 없다.

고려인문화센터 앞에는 안창호 선생님 기념비도 있다. 내가 간 날은 기념비 앞을 아저씨들 둘이서 정리하고 있다. 안창호 선생님이 하얼빈으로 가는 열차를 우수리스크에서 탔다고 한다. 그리고 그 활동을 최재형 선생이 도왔다고 한다.

안창호 선생님 기념비와 그 앞을 공사하고 있던 아저씨들 모습

고려인문화센터를 나와서, 최재형 선생 생가로 이동한다. 'Volodarskogo, 38'이라는 주소만 가지고 찾아간다. 도로를 찾고, 호수를 찾아 찾아갔더니, 아니다. 인근 도로명과 혼동이 되었나보다. 바이크에서 내려, 다시 검색, 900m 거리라고 하기에, 걸어간다. 중간에 있는 공원도 구경할 겸. 최재형 생가에는 웬 한국인 단체 관광객들이 많다. 그냥 멀리서 바라본다. 많은 재산이 있었던 분이라고 들었는데, 전 재산을 독립 운동에 내놓으셨단다. 대의를 위해 사익을 포기하기란 정말 쉽지 않은 일인데…….

이제 다음으로는 발해성터를 가보려고 한다. 여기가 발해의 도읍지였다니 신기하다. 인터넷 블로그에서 발해성터를 갔다는 사람들이 여럿 있어서 나도 가봐야겠다고 생각한다.

그런데 어디서도 주소를 찾을 수 없다. 아무도 어딘지, 구글 지도에도 표시해서 올려놓지 않았다. 찾을 수가 없다. 누구한테 물어보지? 아준이는 그냥 블라디보스토크로 가잖다. 그래도 포기할 수는 없지. 바이크 있는 곳으로 돌아가며 도라 공원에 앉아 방법을 생각한다.

오늘이 일요일이라 가족 단위 나들이객들이 무척 많다. 러시아 사람들은 참 가정적으로 보인다. 휴일이라고 부부가 같이 유모차 밀고 공원에 나오고……. 보통 한 자녀 부부가 많은 듯싶고, 두 자녀 부부도 종종 보인다. 러시아 아이들은 예쁘다. 남자 아이건 여자 아이건 하얀 피부에 파란 눈동자에…… 우월한 유전자인가? 우리 눈에만 그렇게 보이나?

의자에 앉아 있는 우리 모습이 특이한가 보다. 어른들은 쳐다보지 않지만, 아이들은 흘끗 흘끗 쳐다본다. 그 때, 좋은 생각이 떠올랐다. 최재형 선생 집 앞에서 기다리면, 한국인 단체 관광객들이 올 거고, 그때 가이드에게 발해 성터 위치를 물어봐야겠다고. 얼른 바이크를 가지고 최재형 선생님 집 앞에서 뻗치기를 한다. 선생님 고맙습니다.

그런데 이 집은 현재 현지인의 개인 소유라서 집 안에 들어가지 못한단다. 뭔가 아쉽다. 아무튼, 12시 30분부터 30분 이상 기다린다. 그 앞에 공연장 건물이 있고 일요일이라 문을 닫았지만, 정문은 개방해 놓아 벤치에 앉아 기다린다.

최재형 생가 앞에 세워둔 바이크

최재형 생가 앞의 공연장(오른쪽 벤치에 앉아 있는 아준이)

1시가 좀 넘었는데, 웬 흰색 버스가 멈추어 선다. 30여 명의 사람들이 우르르 내리더니, 최재형 생가로 갔다. 기다리던 사람들이 왔다. 단체 관광객이 반가워 본 적은 처음이다. 잘 생기신 남자 가이드가 설명을 하고 길을 건너오는데, 발해성터를 묻는다. 자기도 정확한 위치는 잘 모른다고 하면서, 버스 기사에게 러시아어로 물어 봐준다. 버스 기사가 설명해 줄 거라고 하면서…… 멋지신 버스 기사님이 설명을 시작한다. 그러더니 잘 안 되는 듯, 메모지와 볼펜을 꺼내 약도를 그려준다. 그러면서, 여러 번 "프리모이"를 외친다. 느낌으로는 쭉 가라는 말인 거 같은데. 그리고 내 폰에 구글 지도를 펴서 자기 약도와 비교하면서 길을 안내해 준다. 아래 지도가 버스 기사가 안내해 준 위치이다.

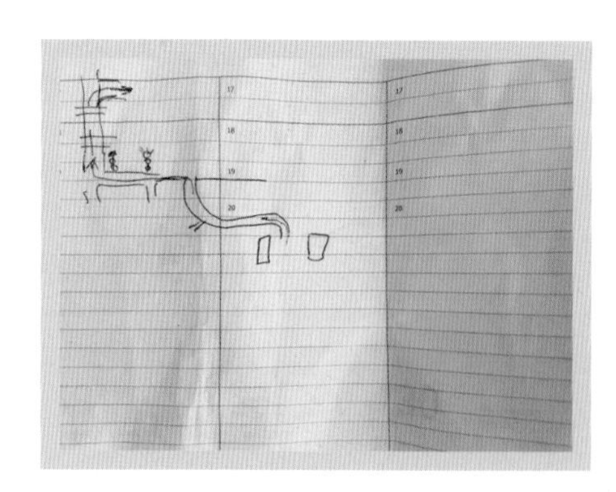

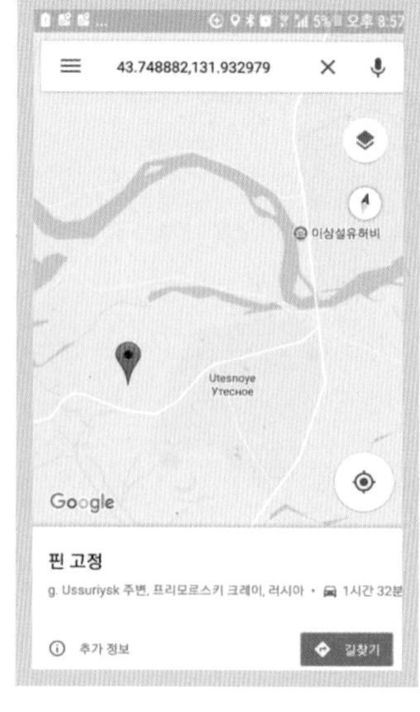

이상설 유허비를 지나 비포장도로로 가야 한다. 그런데, 안내해 준 마지막 위치는, 사유지로 문이 걸려 있어 들어가지 못한다. 조금 더 가서 둔덕 같은 곳으로 올라가 보니 한 러시아 가족이 MTB를 단체로 타고 와서 피크닉을 즐기고 있다. 아이들이 셋인 듯. 6살 4살, 2살쯤 되어 보인다. 이렇게 어릴 때부터 MTB를 연습시키는구나.

가만히 보니 여기가 발해성터인 듯싶다. 어디도 안내 표지판이 없지만, 올라가 있는 둔덕이 자연적으로 형성된 산과는 좀 달라 보인다. 아마 워낙 오래된 지역이라, 발해성이 토성이어서 정확한 구조물을 찾을 수 없기도 하거니와, 대충 이 지역에 이렇게 토성을 쌓았을 것이고, 관련 유적이 좀 나오고 하면, 여기 발해 성터구나 하는 게 아닐까 싶다. 아무튼 발해성 위에 서 있다고 생각하니 묘하게 감동이 있다. 저 앞에 쑤이펀 강이 흐르고 그 앞에 평야가 있고 이렇게 토성을 쌓으면 방어하는데, 도움이 되었을 것 같다.

발해성이라고 생각되는 둔덕

발해성 위에서 바라본 쑤이펀 강

발해성 앞에서 바라본 쑤이펀 강의 모습이다. 그런데 이 지역은 완전히 오프로드 전용 경기장 같다. 세워둔 바이크 옆으로 ATV가 여러 대 지나간다. 나도 마음 같아선 바이크를 몰고 풀밭으로 뛰어 들어가고 싶다. 하지만 나는 집에 가야 한다. 혹시라도 문제가 생기면 집에 갈 수가 없다. 내 로망인 랜드로버 랭글러 루비콘은 이런 데서 타야 하는 거구나. 한국에서는 필요가 없을 듯싶다. 나중에 은퇴하면 러시아에 와서 살면 재밌겠다 하는 생각이 들기도 했다.

조금 더 가서 쑤이펀 강가로 다가가 본다. 그런데, 큰일이다. 비포장도 비포장 나름이지 굵은 자갈길이다. 바이크의 타이어가 자갈에 따라 미끄러져 조정이 쉽지 않다. 더 이상 나가는 것은 무리다. 나는 집에 가야 하니까. 대충 사진 몇 장 찍고 바이클 돌린다.

이상설 유허비를 들르려고 했으나, 진입로를 놓쳐, 그냥 쳐다만 보고 지나친다. 한국인 관광객을 태운 버스가 두 대 서 있고 많은 사람들이 몰려 있다. 돌아가기 어렵다. 이제 블라디보스토크로 방향을 잡는다. 150km. 호텔까지의 거리다. 멀다. 인근 도시가 100km 이상 가야 있다니, 도대체 어떻게 된 나라인지…….

오늘이 일요일이라 그런지 간간히 모터사이클이 눈에 띈다. 대부분 크루즈 계열은 아니고, 하야부사처럼 레이싱 모델이나 버그만처럼 대형 스쿠터가 많은 듯싶다. 주말을 이용해서 레저를 즐기는 사람들이 꽤 있는 것 같다.

누구든 지나가는 사람이든, 추월해 가는 사람이든 바이크 타는 사람들은 손을 들어 준다. 내가 첫날 하바롭스크로 가는 길에 만

났던 바이크 라이더 들은 나를 만나서 얼마나 반가웠을까? 아마 모스크바까지 갔다가 돌아오는 길일지도 모른다. 이제 라이딩 시즌은 끝나 여기 오는 동안 며칠 동안 바이크를 만나지 못했는데, 나를 만난 것일지도 모른다. 나는 그렇게 그 사람들에게 반가움을 주었을까?

블라디보스토크 시내에 들어오니 부슬부슬 비가 오기 시작한다. 여기서부터 호텔까지는 20km 정도. 내려서 우비를 입어야 하는지 고민한다. 그냥, 비가 많이 오지 않아 우비 없이 주행한다.

아무르베이 호텔 도착. 다 쓰러져 가는 건물이다. 겉으로 보아서 폐허인 줄 알았다. 그래도 호텔 영업은 하고 있다. 내부 인테리어를 한 것 같은데……. 들어가서 리셉션을 찾지 못해 한참 헤맸다. 7층에 리셉션이 있다고 엘리베이터 앞에 작은 안내 표지를 보고 7층으로 올라간다. 주로 중국인과 한국인 단체 관광객이 많은 듯.

4층으로 방을 배정 받았는데, 70년대 여인숙 수준이다. 문은 다 부서져가고, 와이파이는 안 잡히고, 바닥은 나무 바닥에…… 최악이다. 이 호텔은 서향 쪽은 바다를 바라보고 있는 쪽이라 리모델링이 좀 된 듯 하고, 남향은 처음 건설시 그대로인 듯싶다. 하루는 그냥 버텨 보기로 한다. 밤에 모기는 어찌 그리 많은지, 밤새 모기에 뜯기고 20마리 이상 모기를 잡고, 정말 힘든 밤을 보냈다. 다음 날 방을 좀 바꾸어 달라고 하니까, 두말없이 서쪽을 바라보는 방으로 바꾸어 준다. 이제 좀 낫다. 와이파이도 되고, 모기도 없다.

집에 돌아가기

10월 9일. 오늘은 바이크를 세관으로 보내야 한다. 아침 9시 30분. 통관 대행사 GBM 사무실로 바이크를 가지고 간다. 아준이는 호텔에 남겨 둔다. 아준이가 걱정이 많다. 만약 아빠가 늦게 오면 어떻게 하냐고? 그러면 카운터에 가서 '안톤'에게 전화하라고 하니까, 카운터에 가서 어떻게 말해야 하는지, 안톤에게 전화해서는 어떻게 이야기해야 하는지 적어달란다. 영어로 그리고 한글로 적어 놓고, 혹시 늦으면 점심 먹으라고 1,000루블을 쥐어 주고 GBM 사무실로 향한다.

안톤과 만나, 서류 서명 하고, 블라디보스토크 항구로 향한다. 안톤은 걸어서, 나는 바이크 타고. 걸어가면 철로 위 육교로 바로 갈 수 있지만, 바이크 타면 돌아가야 한다. 진입로를 놓쳐 혁명광장을 지나고, 잠수함을 지나, 돌아서 항구로 간다.

안톤은 이미 도착하여 기다리고 있다. 통관 관련 비용, 1,800루블을 러시아 세관에 주고, 바이크를 세관 창고로 밀어 넣고, 세관으로 향한다. 30분 이상 기다리고 있었던 듯. 안톤이 30분 후에 서류를 가지고 와서 "All things are finished."를 외친다. 힘들다. GBM 사무실로 가서 수수로 8,000루블을 지불한다.

바이크를 가지고 와서 지불한 수수료가 들어올 때 8,000루블, 나갈 때 8,000루블, 기타 세관 비용 및 보험을 합쳐, 20,000루블 정도 되는 것 같다. 40만 원이다. 일주일 주행으로는 너무 비싼 게 아닌가 싶기도 하다.

처음에는 겁이 없었지만, 갈수록 겁이 난다. 혹시라도 사고라도 나면? 돈이 아깝다는 생각보다는 이제 여기서 내 할 일은 다 했다는 안도감이 먼저 든다. 아침부터 비가 부슬부슬 온다. 그래도 모든 통관 절차가 마무리 되어서 다행이다.

호텔로 돌아가니, 12시 정도 되었다. 아준이는 7층 로비에 나와 인터넷을 하고 있다. 이제 이후 시간은 다른 사람들이 블라디보스토크에 오면 다 하는 일들. 맛집 찾아다니고 쇼핑하고……. 이게 더 힘들다. 차라리 바이크를 타고 하루에 400km, 500km 가는 것이 더 낫다. 많은 사람들과 부딪치고, 물건을 사고, 돈을 주고받고, 무얼 사야 하는지, 어딜 가야 하는지 고민 하는 것이 더 힘들다. 하지만 이런 것이 사는 것이 아닐지……. 빨리 집에 가고 싶다.

좀 다녀 보니, 블라디보스토크는 참 특이한 동네다. 반경 2km 안에 모든 것이 있다. 쇼핑, 맛집, 숙소, 그리고 한국 사람들이 주로 찾는 곳은 정해져 있고 어딜 가도 한국 사람들을 만날 수 있다.

다른 나라들도 여기 저기 다녀 보긴 했지만, 이렇게 한 곳에 관광지가 집중되어 있고, 정해진 장소만 몰려다니는 장소는 거의 없었던 듯싶다. 그래도 식구들과 함께 와서 비행기로 왕복하면서 2박 3일 정도 관광하기에는 이만한 도시도 없을 것 같다는 생각이 든다.

다음날은 블라디보스토크에서 다리로 연결되어 있는 루스키 섬 트래킹을 간다. 아래 사진들은 하루 반 동안 블라디보스토크 시내와 루스키 섬을 트래킹 하며 찍은 사진들이다. 날씨가 좋지 않아 사진이 잘 나오지는 않은 듯. 아니면 내가 실력이 없어서? 사진작가는 하면 안 되겠다.

잠수함 박물관

혁명 광장

독수리 요새

금각교

루스키 섬 갈대밭

루스키 섬 해변

루스키 섬의 북한섬(섬 모양인 북한 지도를 닮았다고 해서 한국 사람들이 그렇게 부름)

루스키 섬 절벽(내려다보고 정말 무서워 죽을 뻔 했다)

루스키 섬 절벽을 내려다보는 아준이

북한섬에서 바라본 루스키 섬(아래 애정 행각 중인 러시아 젊은이들. 좋을 때다.)

루스키 섬 단풍나무(빨간 잎과 파란 잎이 함께 있어 흥미롭다.)

이상으로 나의 시베리아 횡단 바이크 여행은 마무리 되었다. 지금은 집으로 돌아오는 배 2층 카페에 앉아 마무리하고 있다.

나는 무엇을 위해 이곳에 왔는가? 나는 무엇을 얻고 무엇을 잃었는가? 사람 사는 세상이 다 비슷하다고 느낀다. 그리고 세상은 아름답다고 느낀다. 세상은 혼자 사는 것이 아님도 느낀다.

루스키 섬에 갔다 와서 아준이 신발이 마음에 들지 않아, 29D 버스에서 내린 이즈므루드 플라자 3층 신발 가게에서 신발을 사줬다. 지금 신고 있는 신발은 내가 서울 출장 갔다가 한 쇼핑몰에서 내가 너무나 신고 싶었던 메이커의 신발을 발견하고, 좀 커도 아준이 신기고 싶어서 사준 신발이었다. 그런데 신발이 발에 너무 커서 1년 묵혀 놨다가 신겼다.

그래도 신발이 너무 컸나보다. 큰 신발을 너무 오래 신고 다녀서 발걸음도 좀 이상해지는 것 같고, 걷는 자세도 좀 문제가 있음을 루스키 섬 트레킹 가서 느꼈다.

당장 신발을 바꿔 주어야 한다는 생각에, 이즈므루드 플라자 3층에 있는 신발 가게로 갔다. 다리가 불편한 60대 주인 할머니가 계셨는데, 이것저것 신발을 보여 주셨다. 그 할머니는 한국말이나 영어를 전혀 하시지 못하고, 나는 러시아어를 하지 못한다. 그래도 그 신발가게 주인 할머니 하시는 말씀이 모두 이해가 간다.

"이렇게 큰 신발을 신고 다니면 못 써. 봐봐. 발이 삐뚤어졌잖아. 이렇게 계속 신고 다니면 척추가 휘어서 안 돼. 빨리 제대로 된 신발 신겨 주고, 당장 신발 못 바꿔 주면 깔창이라도 끼고 다녀야 돼.

왜 이렇게 맞지도 않는 신발을 신겼어?"

이렇게 말씀하시는 얘기가 한 마디도 안 빠지고 다 들리는 건 무엇일까? 사람과 사람의 마음은 통하는 게 아닐지……. 좋은 메이커 신겨 보겠다는 내 욕심이 부끄럽다. 아이에게 좋은 것이란 무엇일까? 20만 원짜리 워커를 벗기고 1,500루블 그러니까 3만 원짜리 신발로 바꾸어 신긴다. 아이에게 필요한 것은 20만 원짜리 고급 메이커 신발이 아니구나. 3만 원짜리를 7번 바꾸어주는 관심이 더 필요한 거구나.

아준이 옛날 신발

아준이 새 신발

루스키 섬에 도착했을 때, 12시가 좀 넘었다. 북한 섬까지 정확한 거리도 모르고 갔는데, 트래킹 거리가 꽤 된다. 시간으로 보면, 왕복해서 다시 버스 정류장까지 나왔을 때, 4시 30분 정도 되었으니까, 왕복 4시간은 족히 될 듯싶다. 처음 도착해서 30분 이상 걷고, 아준이가 배가 고프다고 난리다.

아무도 오지 않을 것 같은 해변에, 다 쓰러져 가는 휴게소 비슷한 곳이 있다. 날씨가 좋지 않아 바람이 심하게 불고 추운 날씨다. 배도 고프고 몸도 좀 녹여야했기에 혹시나 하고 휴게소를 열어 본다. 아주머니 두 분이 있고, 무슨 점심을 준비하고 있는지 기름에 가지를 튀기고 있다. 먹을 거를 좀 달라고 했더니, 안에 고기와 채소가 들어가 있는 얇은 빵을 데워 준다. 샤슬릭도 먹겠냐고 해서 "아진(하나)"이라고 했다.

솔직히 양고기 샤슬릭은 냉장고에서 꺼내 전자레인지에 데워주는 거라 맛이 없다. 뜨거운 커피와 함께 그래도 맛있게 먹는다. 아주머니는 춥다고 아준이 모자도 씌워주고 여기가 바람이 좀 덜 분다며 의자도 안쪽으로 놓아 준다.

다 먹고, 튀기고 있는 가지가 맛있어 보여 좀 먹어봐도 되냐고 했더니, 웃는 얼굴로 가지 튀김 2개를 집어 준다. 금방 튀겨낸 가지 튀김 맛이 좋다. 한국 가지보다는 좀 큰 듯싶기도 하고. 말은 통하지 않아도 마음이 느껴졌다. 뜻이 통하는 건, 인간이기 때문이기 때문이겠지. 사람이 사는 것이 그리 다르지 않다. 다른 말을 쓰고 다른 환경에서 살고, 다른 나라에서 살고, 다른 사상을 가졌어도…….

여행을 정리하며

이번 여행에 도움을 준 모든 분들에게 감사를 드린다. 가장 없이 10일 이상을 보내야 했던 가족들에게, 특히 두말없이 보내준 아내에게. 아이들 돌보고, 부모님, 할머니 챙긴 아내에게 진심으로 감사한다.

또 부족한 사장 없이 회사 일 꾸려 나간 직원들에게도, 그리고 자리를 비운 동안 기다려 주신 거래처 담당자들에게도, 지금까지 내가 있게 해준 모든 분들에게, 그리고 여행 과정에 도움을 준 모든 분들에게.

숙소를 잡게 도와 준 분들, 지나가면서 손을 들어 준 바이크 라이더들, 길 안내해 준 분들, 사진 찍어 준 분들, 운전 하면서 길 양보해 주신 분들……. 그 외에도 크고 작게 도움을 주신 많은 분들에게 감사를 드린다.

세상은 혼자 살아갈 수 없다. 누군가 다른 사람에 대해 고마운 마음을 가지고 진심으로 대하면, 그러한 마음들이 어떤 방법으로인가 전해지고, 우리가 사는 세상이 더 좋은 곳으로 만들 것이라는 작은 기대를 가지고 이번 여행을 마무리한다.

처음 계획했던 것에 비하면 한없이 초라한 여행이다. 모스크바, 아니 바이칼 호수, 아니 울란우데까지도 가지 못했다. 초라하다. 처음부터 하바롭스크까지만 가려고 했으면, 아마 오지도 않았을 것이다. 하지만 바이칼 호수라는 목표가 있었기에 길을 나설 수 있었다. 그것이 인생이 아닐는지…….

아준이와 많은 이야기를 했다. 뭐 중요한 이야기는 아니고 시시껄렁한 이야기를 많이 했고, 아준이의 꾸중도 많이 들었다. 아준이 왈 "러시아 와서 아빠하고 얘기를 많이 하는 것 같네."

그래, 이것도 얻은 것 중 하나겠지. 나중에 아영이, 아준이, 아윤이, 아린이, 다 크면, 바이크 하나씩 끌고, 우리 여섯 식구 다시 한 번 와 보자고 다짐한다. 나는 할리 펫보이, 아영이는 SR400, 아준이는 GS1200, 아윤이는 V-Strom, 아린이는 Street500 정도 끌고, 나는 현아를 뒤에 태우고……. 그렇게 시베리아 평야를 달려 보고 싶다.

흔히 여행이라고 하면, 굉장한 경험이나, 특별한 로맨스나, 드라마틱한 사건들을 상상한다. 하지만 그런 일들은 웬만해서는 일어나지 않는다. 그저 평범한 사람의 평범한 여행기를 누구나 할 수 있지만, 그러기에 시도하지 않는 여행기를 적어 보았다. 이렇게 내 이름으로 된 책을 낼 수 있다는 것이 이번 여행의 가장 큰 소득 중 하나가 아닐까 생각하며…….

이번 여행의 느낌을 담은 시로 글을 마무리하겠다.

흑룡강에 서서 바이칼을 바라보며

너 여행을 떠난 자여, 무엇을 찾아 떠나 왔는가
너 바이칼을 꿈꾸던 자여, 너에게 바이칼은 무엇인가
차고 검은 심연을 보려는 자여, 왜 흑룡강의 누런 물 곁에 서 있는가

삶이란 결론을 알면 읽지 않을 추리 소설 같은 것
무지개를 따라간 소년에게 허상이라 말하지 말라
소나기를 쫓는 소년에게 헛일이라 말하지 말라

바이칼이여!
네가 있어 떠날 수 있었다
네가 있어 보르쉬와 샤슬릭을 알게 되었다
네가 있어 대조영이 말 달리던 땅을 달릴 수 있었다
네가 있어 항카 호의 기이함을 볼 수 있었다
네가 있어 러시아의 고움을 느낄 수 있었다
네가 있어 삶이란 결론보단 과정이 중함을 알게 되었다

아래는 우리 아준이가 이번 여행 중에 느낀 것을 정리한 것이다.

9월 29일(금)

나는 아빠와 러시아에 갈 준비를 하였다 나는 내일부터 일어날 일이 마구마구 기대된다.

9월 30일(토)

간단한 아침을 먹고 동해로 출발하였다. 아빠는 러시아에서 오토바이를 타야 하니 오토바이로 가고, 나는 엄마의 도움을 받아 차를 타고 갔다. 나와 아빠는 세 번 휴게소에서 만났다. 동해에 도착하자 우리는 코스모스 호텔에서 방을 빌려 그곳에서 하룻밤 잤다.

10월 1일(일)

우리는 아침을 먹고 동해 국제 여객선 터미널에 오토바이를 싣고 1시에 배를 탔다. 아빠와 나는 배를 한번 둘러본 뒤 다시 우리 방에 돌아왔다. 그리고 좀 있다가 밖에도 나가보았다. 그런데 코피가 조금 나서 누워 있었다. 그러다 하늘에 있는 맑은 구름을 보았다. 나는 그 구름이 좋았다. 나는 배에서 처음으로 밥을 먹어 보았다. 오늘 저녁 주 메뉴는 카레였다. 그리고 동그랑땡, 도토리묵, 김치 등이 있었다. 저녁을 먹고 방에서 좀 쉬었다가 음료수를 마시고 잤다.

10월 2일(월)

지도를 보니 우리가 반 이상 와 있었다. 밖으로 나가보니 어제보다 훨씬 추웠다. 나는 다시 들어와 누워 있었다. 지도를 본 뒤 점심을 먹으러 갔는데 자리가 없다고 잠시 기다리란다. 그래서 밖에 나가서 운동을 하다 점심을 먹었다. 도착하였다. 우리는 예약한 호텔에서 조금 떨어진 햄버거 가게에 가서 햄버거를 먹고 해양공원에 가서 킹크랩과 곰새우를 사서 호텔에서 먹은 뒤 잤다.

10월 3일(화)

아침은 간단하게 호텔 카페에 가서 먹은 뒤 아빠의 오토바이 보험을 받은 뒤 오토바이를 받고 출발하였다. 우리가 도착한 곳은 스파스크달니였다. 우리는 이곳에서 호텔을 찾느라 불량배 같아 보이는 형들과 누나에게 길을 물어봐서 호텔에 왔다. 그런데 그 호텔에서는 방이 없다고 했다. 그런데 다른 호텔을 알려줘서 거기로 갔다. 저녁은 호텔 안에 있는 카페에서 먹고 잤다.

10월 4일(수)

호텔에서 빵을 먹은 뒤 출발하였다. 그 날은 하바로프스크까지 갔다. 거의 고흥에서 서울까지 간 것 같은 거리를 간 것이다. 오늘은 처음 호텔은 방이 없고 두 번째 호텔은 방이 딱 하나 있는데 40만 원이다. 그래서 다른 호텔에서 잤다. 저녁은 아~주 맛있는 피자집에 갔다.

10월 5일(목)

간단한 아침을 먹은 뒤 출발하였다. 원래는 바젬스키까지만 가려고 했는데 아무 생각 없이 오다보니 비킨까지 오게 되었다. 비킨에서 묻고 물어 아주르라는 호텔을 발견 했다. 호텔이 너무 좋았다. 우린 저녁으로 바비큐를 먹고 잤다.

10월 6일(금)

아침으로 호텔에서 주는 밥을 먹고 중간 중간 사진을 찍으며 레소자보츠크까지 갔다. 거기서 공원에서도 놀고, 맛있는 저녁도 먹고(피자를 먹었다) 그리고 마트에서 간식거리도 사고 그걸 호텔에서 먹었다. 정말 많은 일이 있던 하루였다.

10월 7일(토)

먹다 남은 피자로 아침을 때우고 우리는 우수리 강을 보았다. 그러고 나서 우리는 등산을 하고, 항카 호를 보고, 우수리스크에 왔다. 오늘은 호텔 예약을 하고 와서 편하게 잘 수 있었다. 우리는 저녁을 먹고 바로 잠들어 버렸다.

10월 8일(일)

오늘은 한국에 관련된 여러 곳에 다녀왔다. 고려인문화관, 무슨 선생 생가, 발해 성터에 다녀왔다. 그 다음 점심을 먹었는데 한국 음식들 이었다. 우리는 블라디보스토크로 출발해 좀 낡은 호텔에 왔다. 아무르배이라는 호텔이다. 이곳에서 저녁을 먹은 뒤 잤다.

10월 9일(월)

우리는 블라디보스토크에서 집으로 돌아갈 때 가져갈 선물들을 샀다. 마뜨로슈까 인형, 알욘까 초콜릿, 당근 크림 등 많은 것들을 샀다. 그리고 우리는 지쳐서 호텔에서 잤다.

10월 10일(화)

우리는 아침 일찍 일어나 버스를 타고 루스키 섬에 가서 북한과 똑같이 생겼다는 곳에 가서 엄청 걸었다. 그리고 북한섬 앞에서 우리는 돌탑도 쌓고 놀았다. 그리고 우리는 북한섬에 끝가지 가보았다. 힘들지만 그만큼 재밌었다.

10월 11일(수)

이제 떠날 시간이 되었다. 그동안 정들었던 러시아를 떠나야 한다. 나는 러시아가 좋다. 이제 기다리는 일만 남았다.

이번 여행을 통해 한국은 작은 나라라는 걸 느꼈다. 러시아는 맛있는 것도 많고, 사람들도 친절해서 좋다. 다음에는 엄마랑 누나랑 아윤이랑 아린이랑 다 같이 러시아에 가고 싶다. 엄마가 보고 싶다.

아래는 아준이가 찍은 사진들.

동해항에서 출발한 배 위에서

우수리 강 건너는 다리 위에서

우수리스크 최재형 선생님
집 앞 공원에서

독수리 전망대에서 금각교 배경으로

독수리 전망대에 매달려있는 열쇠들(아준이는 이 사진이 좋단다. 왜지?)

에필로그

돌아오자마자 브잉이를 팔았다. 아니 돌아오면서 바이크 샵에 전화를 해서 팔기로 약속하고, 동해에 도착해서 배에서 내리자마자 바이크 특송 차에 실어서 광주로 보내버렸다.

1년에 1,000km도 타지 않으면서, 바이크를 가지고 있을 필요는 없다고……. 이제 시베리아까지 갔다 온 마당에 원 없이 탔다고 핑계를 대면서, 그렇게 떠나보냈다.

그런데 일주일 정도 상실감에 시달렸다. 문득 문득 브잉이가 보고 싶었고, 그 아이를 그렇게 보냈다는 미안함에, 그립다는 표현이 정확할지 몰라도, 그런 감정에 시달렸다. 물건과 작별하는 일도 이럴 진데, 가족이나 친구를 잃는 일은 얼마나 더 마음 아플까?

돌아오는 배에서 한 친구를 만났다. 'Mirco Helfenberger'라는 친구인데, 스위스 출신이란다. 사실, 배에서 내리기 전에, 화물칸에 실려 있는 바이크에 갔다 온 일이 있었는데, 내 바이크랑 같이 묶여 있는 멋진 바이크를 보고 누구 건지 궁금했었다. 배에서 막 내리기 전에, 헬멧을 들고 있는 친구를 보고, 물어 봤더니 자기 바이크란다.

이 친구는 집 나온 지 세 달 이상 되었고, 유럽, 터키, 이란, 러시아 등지를 돌고, 이제 한국을 일주일 돌 예정이고, 그 다음에는 일본으로 간다고 한다. 이렇게 열심히 살아가는 친구들이 존경스럽다.

이 책을 읽어 주신 모든 분들에게 감사를 드린다.

Mirco를 포함해, 이 책의 모든 독자들에게 평화와 안녕을 기원한다.

그리고 사랑하는 아내, 현아에게 감사를 표하며…….

배에 묶여 있는 브잉이와 Mirco의 바이크

MOSCOW
MOSCOW
MOSCOW
MOSCOW